小
vol.0

# 目錄

# 赴會

文・朱宥勳

呂少尉煩惱著，他該如何自己去買花。

說起來有點荒謬，這明明不是最困難的一件事，卻最佔據他的心思。戰爭之前，在桃園市這麼大一個地方，應該是不難買花的吧？隨著解放軍登陸之前，呂少尉並沒聽過「桃園」這個地名。但在解放區擴大、又隨之僵持後，呂少尉所屬的部隊屯駐在此已有一個多月。呂少尉再怎麼漫不經心，也知道桃園被臺灣政府視為六個一級行政區之一，是人口超過兩百萬的大城。這裡有機場、有高鐵、有火車、有捷運、有港口，就算本地不種花，也沒道理買不到花。

不過，現在是戰時。呂少尉所在的觀音不產花卉，他操作無人機在市街上空梭巡時，努力地尋找花店，但可想而知並不容易。

也許其實不需要花。子洋好幾次提到的「茶會」，是女孩子們穿上完整的蘿莉塔服飾，一起在裝潢典雅的咖啡廳裡的聚會。呂少尉每次聽都全心嚮往，現在卻怎麼也無法確定：那樣的聚會裡，會有人帶著花束嗎？

可是，如果有花，在這樣的戰時，會更能讓子洋一家感受到戰前的夢幻吧。

這是呂少尉所能想到的，最好的禮物。以及補償。

「地面有戰甲車一輛，步兵四名。請首長指示是否開火？」

腦中一邊想著買花的事，口裡卻毫不耽誤地，透過耳麥回報敵情。煩惱歸煩惱，呂少尉仍然能一絲不苟地執行任務。他的眼神緊盯螢幕，純熟地操作「海東青」。無人機的感測器十分精細，哪怕是地面上有個人在看報紙，呂少尉都能把文字讀清楚。就算是在夜晚，熱成像系統也能捕捉任何生物或更加熾熱的車輛引擎。也多虧了「海東青」的感測器，呂少尉雖然從未踏入子洋家裡一步，卻已經看過、甚至試穿過十數條裙子了。

那些「照片」都存在一顆隱密的、沒有連上軍網的硬碟，當然不能讓任何人看到。就像他現在腦海裡的煩惱，也不能讓任何人知道一樣。

「目標確認，授權開火。」

「收到。」呂少尉按了幾個鍵，選定一種小型導彈，輸入發射程序。在靜默裡，一顆模糊的飛行物體朝著臺軍戰甲車而去。接著，螢幕上火光爆閃，臺軍士兵如同被雨珠擊中的蟻群一樣彈開，其中三人很快就失去行動能力。而直接承受爆炸的戰甲車則起火燃燒，連嘗試啟動的機會都沒有。發射導彈的「海東青」在數百公尺的高度懸停，直到螢幕上傳回來清晰的殘骸圖像，呂少尉才對著耳麥說：「戰果確認。擊毀『雲豹二式』一輛，臺軍步兵三人陣亡，一人負傷。這是最後一發導彈了，請求返航。」

「准許返航。做得好，你小子最近準頭很不錯啊。」

「謝謝首長。」

「海東青」是小型的察打一體無人機，結構緊緻，機腹下有十五公斤的吊掛空間。執行攻擊任務的時候，可以掛載小型導彈或炸彈；其他時候，也能執行運送物資的任務。現在，呂少尉打完所有彈藥，手上有一台空著機腹回營的「海東青」了。並且，由於他已經向首長通報返航，所以不會被臨時分配到攻擊任務，也通常不會有什麼人注意這台無人機的詳細飛行路徑。只要不是繞路繞得太遠，應該都是安全的。

當「海東青」飛抵子洋位於四樓的公寓窗外時，大概是晚間九點多。由於解放區的燈火管制，子洋的房內只有一盞微弱的太陽能手電筒。呂少尉讓無人機慢慢靠近窗邊，等待旋翼的聲音引起子洋注意。不多時，窗戶打開了，一張十二歲少年的笑顏傳到呂少尉的螢幕裡。雖然早不是第一次「拜訪」子洋，但每次看到他的笑容的瞬間，呂少尉就會感到一股罪惡感在心底暈散開來。子洋沒見過「海東青」掛載任何彈藥，每次都是空機來訪。那也就意味著，每一次「海東青」的來訪，都是在成功完成任務之後。

「呂大哥！你來了！」

子洋側身讓無人機進房。呂少尉定了定心神，把機體上的播音裝置調到最低音量：「好久不見。你的媽媽這幾天還好？」

「不太好，」子洋嘴角垮了下來，「空襲變多了，她很焦慮。」

「哎，這也難免。」

「不過，她很期待茶會。她已經在試穿衣服了！」

呂少尉輕微擺動「海東青」的姿態，那是他和子洋之間的小默契。

子洋會意，把手伸到機腹下方等待。很快的，機腹的貨倉落下了一盒巧克力，安安穩穩掉到子洋捧起來的掌心。

「我今天不能待太久，你先拿著。」

子洋第一時間笑開的樣子，確實就是十二歲的孩子。然而，他的眉間很快收斂起來，那笑容就有點掛不住了。不需要問，呂少尉也能猜到他想起了姊姊。這也不是呂少尉能問得出口的問題，甚至連「哎」出一聲，都顯得不大得體，彷彿要洩漏自己內心更深重的罪惡感。

子洋懂事地說了謝謝，把巧克力盒輕輕放在書桌上，然後開口：

「那，你今天也要帶走裙子囉。」

一股電流從遠端傳來，刺穿了呂少尉的神志，蓋過了他的罪惡感，也蓋過了要如何買花的煩憂。是的，這才是最大、最應該煩惱的問題：裙子。呂少尉還沒從麻痺與慌亂當中恢復過來，子洋就從姊姊的衣櫃裡取出「Mary Lou」，摺疊裝進紙箱，再把紙箱裝進「海東青」的機腹了。

一切停當，子洋的心情似乎又輕鬆了起來，他拍拍「海東青」的機身，像是在叮嚀一隻巨大的金屬信鴿，用他那童稚的嗓音說：「麻煩你啦！」

現在，「海東青」真的必須返航了。

•••

子洋是呂少尉新認的弟弟，在子洋的姊姊死於某一場空襲之後。認識子洋的那一天，呂少尉也操作著一台「海東機」返航。由於回到了解放區，比較沒有敵襲威脅，呂少尉通常會飛得低一些，想像無人機正代替自己，在這些街區裡「散步」。為了避免刺激居民，徒生不必要的安全隱患，像他這樣的軍官很少會走出營區。每天飛返安寧、無戰事的解放區的這一段路程，就成了他舒緩一日緊張的例定行程。

那時候的呂少尉已有實戰經驗，卻又還沒到能夠看淡一切的程度。

參與祖國統一聖戰的狂熱情緒漸漸消退，冰冷如海水的罪惡感滲透了進來。在院校受訓時，他曾讀過一些文獻，說比起正面肉搏的步兵或裝甲兵，多數無人機操作員能夠持續作戰更長的時間。因為他們不必看見敵人的臉，心理壓力會低非常多。但不知怎麼的，上了戰場之後全不是這麼回事。「海東青」小巧、安靜，隱匿性能極佳，這讓呂少尉的每一次出擊，都像是從空中降災的上帝，所有臺軍士兵都是門上沒有塗血記號的埃及人。而這正是呂少尉罪惡感的來源：所有他擊殺的目標，都不像是死於堂堂正正的戰鬥。日復一日，他的工作就是卑鄙地奪人性命，且就算任務失敗了，也只是損失一台無人機，他仍然能安穩地坐在螢幕前。

這不公平。而且永無止盡。

他甚至因而有些羨慕步兵。雖然更苦更累，但每一分戰果都是親身獲得的，而且只要一次失誤，就可以永久離開這場戰爭。

那時的呂少尉，就在胡思亂想這些不能告訴同袍的事。然後，他透過無人機回傳的畫面，看到了坐在公寓頂樓邊緣，抽泣得危危顫顫的子洋。

——不，說起來，呂少尉第一眼並沒發現他在哭。他看到的，是一個穿著華麗的蘿莉塔裙裝的人，在公寓頂樓作勢要跳。

也許是因為那天他確認了幾十人的擊殺，實在是不想在這段「散步」的時間再確認一人；也許是因為那身蘿莉塔，勾起了他心底某個輕微發癢的角落。總之，呂少尉令無人機下降，降到與子洋平視的高度。直到這時，他才發現事情跟他想的很不一樣：穿著在夢幻少女裝束裡的，是一個五官都被淚水浸透的少年。「海東青」的畫面解析度夠高了，足以讓呂少尉看到子洋發出泣聲時，上下游動的喉結。而這名意欲尋死的少年，被外星人一般降臨的「海東青」驚住了，一人一機愣眼相對，面對閃爍的綠色光點和嗡嗡如蜂的引擎聲，子洋一時竟也忘了繼續哭泣。

最後也就忘了要跳下去。

從那時起，呂少尉就認了子洋這個義弟。在「散步」的路上，他會把「海東青」飛去子洋家裡，帶一點戰時不易取得的小零食或生活物資。偶爾聽說解放區被臺軍空襲或者砲擊，他也一定找藉口飛過去確認安危。幸好，雖然子洋家裡只與臥病在床的母親相依為命，但他們的住處離配給站不遠，在鄰居和呂少尉的明暗幫助下，生活暫時倒不成問題。他們透過無人機的影音裝置閒聊，大多時候是子洋在說話。

他最常講的，就是姊姊和蘿莉塔。

子洋說，姊姊幾乎每次出門都穿蘿莉塔，就算這一區被解放之後，要去配給站領補給也一樣。姊姊很勇敢，從來不怕別人的眼光。姊姊說，就因為所有地方、所有人都變得灰撲撲，所以更要分享多一點顏色給別人。在某一個天氣清朗的午後，姊姊穿著「香水瓶」出門辦事。或許就是天氣太好了，那天空襲的架次特別多，窗戶上的防震泡棉都快要被震落了。

空襲結束之後，子洋有出門找姊姊。他最後在觀音國小的停屍間裡，看到了「香水瓶」的柄圖，和那遭到轟炸了也還維持形貌的工字折。其他部分都難以辨認了，但就子洋所知，整個觀音就只有姊姊一名蘿娘。

呂少尉聽他斷斷續續，分好幾天說完了這些事。他不知道該如何回應，但又覺得應該說些什麼，最後只掙扎地吐出了一句：「對不起，我很遺憾。」才說完，又覺得這話簡直淺薄到不如不說，暗自懊惱了起來。

「不是你們炸的。不用對不起。」

子洋倒是很用力地搖了頭。

可是，是因為我們在這裡，臺軍才會轟炸的。呂少尉一大團話梗在胸口：而且，我們還在繼續轟炸別的地方。每天，每次。我都得先把彈藥用完，回報戰果之後，才能飛來找你。

但呂少尉終究沒有說出口。他感覺說越多，也只會有更多懊惱。

• • •

解放區的學校暫時停課了，子洋不必上學。但他是很有熱情的教師。關於裙子的多數知識，呂少尉都是從子洋身上學到的。

最初是名字。原來，每一件裙子都有自己的名字，就如同每個人都有一張不同的臉。和普通衣服不一樣，它們每一件都是限量的工藝品，每一件都有自己的個性和來歷。

提琴

鈴蘭
藥箱

愛麗絲
羅蘭大衣
聖克萊爾

子洋會從姊姊的衣櫃裡，一一拿出裙子，聽呂少尉像是中學生背書那樣，一一覆誦著：

人魚姬
水松薔薇

古典派對
表面咒語
密涅瓦的針腳

名字和裙子的樣式有關。比如「提琴」的領子上，就有著小提琴音孔一般的曲線圖樣，姊姊說，穿上這件裙子，你說出的每個字，都會像是琴弦與音箱共鳴出的音樂。「水松薔薇」胸口處與裙擺處，都有著粉、綠交織的薔薇花串，姊姊說，那會讓穿裙子的人所到之處，皆成花園。

呂少尉不只是聽，他也看。當子洋一邊解說、一邊展示細節時，「海東青」便會在房內旋繞，細密地掃描每一寸工法、布料與柄圖。無人機的多孔徑探測器，可以從上千公尺的高空裡，數出一名士兵有幾莖白髮。在這四、五步能夠走到底的房間裡，它不只能夠傳回鉅細彌遺的圖像，更能以測繪地形的精準度，重建裙子的立體模型。

「真美，」呂少尉一點一點失去自持之力，輕微顫抖的聲音從無人機裡傳出：「你不覺得嗎？」

子洋遲疑了一下，還是點點頭。他更想告訴呂少尉：吊掛在衣架上的裙子，並不是它最美的時候。姊姊穿上身時，不管是裙子還是人，似乎都會因為彼此而變成另一個樣子。笑容有了裙邊，剪裁也有了甜美。然而，子洋知道不應在此時提起姊姊。於是，他只對無人機說：「你想試穿看看嗎？」

到後來，幾乎每一次都會變成這樣：呂少尉忘記他是一名解放軍軍官，一名無人機操作員，一個受過嚴格訓練的男人，也暫時忘記心底滲漏的罪惡感。他的眼前只剩下裙子。他從不知道自己的生命，原來一直在等待的這些裙子。當子洋問他要不要試穿，那就是許可了。無人機瞬間拉到天花板的高度，將呂少尉的影像投入房間。呂少尉身量不高、體形單薄，與少年的子洋並肩而立，還真就像是虛長幾歲的哥哥。如果換掉那一身制服，誰也不會相信他曾經確認過上千次擊殺。然而，呂少尉操作無人機的技術確實了得，巷子那麼狹窄，布滿雜物、水泥碎塊、被震斷的天線與晾衣竿，他的無人機卻每次都能一點刮痕都沒有，就抵達子洋的窗口。並且，正是因為呂少尉瘦弱的身形，他才有機會試穿姊姊的裙子。

呂少尉的身影站定，在視線等高處畫了幾個手勢，剛才建模完成的「聖克萊爾」便由頭頂往下，一寸一寸替換了呂少尉的軍服。先是白色的立領與酒紅色的領結，接著是肩部膨起的公主袖與胸口連綿而下的荷葉邊。腰身瞬間收束，酒紅色的布料緊緻向下，直到裙擺的兩層荷葉邊為止。呂少尉稍微動一動手臂，聖克萊爾纖細的袖子便包覆了雙臂，並在手腕之處開出了玫瑰蕾絲和幾處小蝴蝶結。

「太美了。」

呂少尉的聲音輕如棉絮，彷彿一用力說話，「聖克萊爾」就會煙消雲散。

「所以，就決定這件了嗎？」子洋顯然沒那麼滿意：「你要不要稍微活動看看？」

呂少尉謹慎地抬了抬手。接著，他深呼吸，拎起裙擺，原地繞了一圈，讓裙邊在空氣裡揚起了一道花。

「手臂那邊破圖了——太小了吧？」

「可是，真的很美……。」

「但如果會破圖，真的穿上身了，衣服一定會破的對吧？」

呂少尉不甘心地點了點頭。

「那，換成『羅蘭大衣』呢？如果你喜歡酒紅色……。」

「不要『羅蘭大衣』。」

啊，那太像軍裝了。子洋馬上改口：「或『Mary Lou』？」

「沒關係，今天先這樣吧。」呂少尉一揮手，瞬刻回到軍服模樣：「還有一個多禮拜，我們可以再慢慢考慮。」稍微停頓一下，呂少尉已回到他的身份，聲音不再顫抖：「這樣真的不會太叨擾嗎？你們那裡還缺些什麼，儘管說，我會想辦法的。」

子洋想起了從收音機裡聽到的新聞。有一個頻道說，解放軍的補給已經被切斷，國軍的反攻已經指日可待了。但另一個頻道說，解放軍擊沉三艘日本驅逐艦，淨空了臺灣北部的海域，將有更多援軍、物資和重武器從桃園的港口下卸。子洋的家就在桃園。他不知道哪一種說法是真的，從戰爭開始起，每一件事都有兩種說法，每一件事都難以確定，特別在他和媽媽幾乎足不出戶的情況下。

最終他決定搖頭。

「不會叨擾，茶會那天熱鬧一點，媽媽會很高興的。」

• • •

就算能買到花，呂少尉還是不確定自己是否真能赴約。

雖然「Mary Lou」已經被無人機載回來了。子洋說，姊姊辦茶會的時候，都會和朋友約定服裝主題。如果哪位朋友買不到合題的裙子，姊姊也樂意出借。她的衣櫃裡有一百多套，雖然不是最多的，但也堪稱一座小圖書館了。

就算是男生朋友也一樣。子洋補充。

「Mary Lou」的本體比全息投影所能看到的更精緻。領口的酒紅色蝴蝶結停駐在一整片白色的風琴摺之上，間錯著豎立的蕾絲荷葉邊，領口外圍環一道與領結同色的花邊。再往肩膀看，纖細的全白茱麗葉袖柔弱地垂下，並在手腕處收緊了令人愛憐的皺褶。而白腰身到裙擺，則全是與蝴蝶結互相呼應的酒紅。緊窄的腰身有點危險，但呂少尉比尋常軍人清瘦一點的身形，應當勉強能穿進去。最令呂少尉炫目的，還是裙擺上那兩層蛋糕裙設計，還沒穿上身，他就幾乎能想像被它拂動的風。

……然而，真的可以，穿上這套衣服赴約嗎？

一名解放軍軍官，一名無人機操作員，一個受過嚴格訓練的男人……。

一想像自己穿上「Mary Lou」的樣子，呂少尉就有一種站在深淵，即將墜落的恐懼感。但又無法忍住不看它。

除了瘦小一點，呂少尉沒有任何能夠讓人聯想起蘿裙的地方。他出身於一個二線城市，家境本來還可以。2030年代的一小波經濟復甦，讓他的父母賺了一筆錢。那幾年，是呂少尉人生裡最夢幻的時光，一切都在變好：他考上市裡最好的中學，幾乎每年長假，父母都會安排一趟國外旅行，大多數時候是去日本。在原宿附近，他第一次見到成群穿著蘿裙的女孩子。他覺得很美，但不是平常看見心儀女孩的那種美，一分青春期的悸動都沒有，卻仍然有強烈的愉悅感。他後來知道了國內也有這樣一個「蘿圈」，抑止不住好奇心，就另外開了一個匿名的社交帳號，專門追蹤這些資訊。

呂少尉從沒告訴任何人，理由顯而易見。後來他告訴子洋：他一開始真的只是想遠遠看著，知道有這麼漂亮的東西存在，就心滿意足了。然而，在某一次日本旅行期間，他與一名蘿娘擦身而過。呂少尉承認自己確實是想要靠近一點，去看看裙子的細節。不料靠得太近，他不小心

勾到了那人精緻的手提包。他迭聲道歉，對方也以日本人特有的禮貌，回了幾聲：「すみません すみません（對不起）。」呂少尉聞聲一愣，忍不住眼光從面部往下飄。髮型、妝容、配件都無懈可擊，然而，一上一下的喉結是難以忽視的證據。

後來，他在網路上學到了「蘿漢」這個詞。那是說，一些熱愛穿著蘿莉塔裙裝的男性。當他們穿上裙子，也能和其他蘿娘一起參加聚會，形同姐妹。

如果一輩子不知道這些，心底也不會有那麼強烈的騷動吧。

那是第一次，呂少尉悔恨自己不是生在別的國家。

後來，他才知道父母在那幾年買了一套更大的房子。房子還沒蓋好，2030年中期又一波巨大的不景氣襲來，一心以為能靠炒房賺快錢的父母，不但把錢通通賠掉，甚至連房子完工的樣子都沒見過。國外旅行沒有了，本來計畫要唸的大學也沒有了。呂少尉草草從軍，雖然體能條件普通，但靠著還不錯的知識水平，他被分發到注重技術的無人機部隊。在服役的那幾年，他不但沒有再見過任何一個穿著蘿裙的、活生生的人，甚至連那個專門追蹤蘿圈訊息的社交帳號，也很久很久沒有打開了。

直到在公寓頂樓遇到子洋。

雖然只有十二歲，但那稚嫩的喉結是無法否認的證據。現在呂少尉知道了，那天子洋穿的是「人魚姬」，他本來打算和自己最心愛的裙子一起離開世界，但被一台意外經過的無人機攔截了下來。

• • •

呂少尉把積攢出來的休假，排在茶會的那一天。

雖然約好赴會的時間是下午，但呂少尉需要做一點曲折的準備工作。首先，他必須再一次操作「海東青」，在觀音市街巡一輪。他花了兩個多禮拜的「散步」，才找到市街上僅存的兩家花店。它們沒什麼客人上門，但從無人機回傳的影像來看，店內竟然還有零星的花束。他要確定哪間花店裡面有人，然後直奔最近的那間，以減少行跡暴露的風險。

接著，他會換下軍服，以尋常男子的便服裝束離開營區。這一點不困難，附近這一帶解放已久，軍民關係尚稱緩和，上級已經准許休假期間外出。不過，為了避免招搖，他只能步行出門，解放軍的車牌形制還是太顯眼了。這意味著，他必須把整套「Mary Lou」和裙撐放進行李袋，手提出門。

無論如何，他絕不可能在營區裡換好裙子。「海東青」已為他找好了隱密的更衣之處。就在子洋他們家的隔壁巷子，有座人煙罕至的古廟，廟旁有一間不算太狹窄的公共廁所。

無人機操作員的專業技能，也包含監視與情報搜集。

一切準備停當，呂少尉選在近午時分出門。營區口的哨兵和他敬禮，他心內如沸，但還是一如往常地回禮。他想，今天自己要做的事情，大概不知道會犯幾條軍法；但真要問是犯了哪條軍法，一時之間又說不清楚。只是隱隱然感覺得到，這場茶會的嚴重性，似乎不亞於和臺軍情報員喝一場咖啡。

十二月的桃園氣溫濕寒，是穿上厚重的裙子也不會悶熱的天氣。子洋說，冬天是臺灣最適合辦茶會的季節，開戰前姊姊每個週末都有約，也常常帶著子洋以「雙子」的型態，穿同款同色裙子出席。

今年冬天，這是子洋參加的第一場茶會。

呂少尉步行抵達花店，店內的燈光和人一樣昏暗，但鐵捲門並沒有拉下來，從玻璃櫥窗內還可以看到一些花。呂少尉踏進騎樓的幾步路，忍不住踩得特別輕快，又隨即告訴自己要忍住。他推開門，迎上花店老闆困惑與期待參半的目光。他告訴老闆，他想買花。

「好的！好的！」老闆顯然很高興來了客人，但旋又歉聲說：「但很抱歉，開……解放以來，好一陣子沒有貨源了。」

聽到老闆改口的聲調，呂少尉有點氣餒。他本來以為自己身穿便服、簡單講幾個字，口音不至於露出破綻的。

但重要的是花。他環顧店內一圈，過半花器都是空著的。再一細看，他不禁啞然失笑：原來店內仍有販售的，全都是乾燥花。想想這也合理，如果幾個禮拜沒有鮮花運送進來，當然也只有乾燥花能繼續賣。「海東青」的感測器再怎麼強大，也沒辦法從對街屋頂照進店內，看出它們與鮮花的微小差別。幾週以來的煩惱，總算是有個解方，這讓他心頭的鬱結舒展了一些；然而難以避免的，他還是感到有點遺憾。

不過，這些花仍然是足夠美麗的吧？特別在這不知何時才會終止的戰火裡。

他想像「Mary Lou」的配色，以及子洋平日裡的氣質，揀了幾樣適合今日的花，請老闆包起來。老闆動作麻利，一邊包一邊陪笑：「您用花的場合，是公事吧？我幫您包得正式一些……。」

「不，不是公事。」

才衝口而出，呂少尉就後悔了。老闆也愣了半秒，很快又掛回了笑容，不過這次的笑容就多了幾分意思。

「好的，是送小姐的，我一定包個最漂亮的！」

呂少尉狼狽掏出解放區通行的配給券，趕緊結帳離開。他不必多想，也知道老闆口中的「小姐」是什麼意思。但他能說什麼呢？若他真一五一十解釋給老闆聽，恐怕老闆還更覺得不堪。而「解釋了反而更加不堪」的感覺，遠比老闆腦裡最邪淫的誤會，還要讓呂少尉感到屈辱。

沒事，再過幾小時，茶會就要開始了。雖然小小的，只會有他、子洋和子洋的母親，不過，這已經是他有生以來最大的冒險了。他們會一起換上遠離現實的華服，泡開姊姊小心翼翼收集的茶葉，暫時把這場戰爭關在門外。不，想得深一點，這甚至是把全世界都關在門外。哪怕是沒有戰爭的那一部分，與接下來將發生的聚會相比，都將顯得平淡無味了。

世人沒能理解這個秘密。他們以為詭異的習癖，實際上正是每一個人的夢想。

深呼吸，呂少尉走進了破廟旁的公共廁所。如同他已在營區廁所內預習過的那樣，他謹慎地在密閉空間裡擺動手腳，把自己變成另一個自己。他記得很多石雕、木雕的工匠都說過，雕刻是把不要的地方鑿掉，讓隱藏在木石裡面的真身自己浮現出來。他現在覺得，「Mary Lou」就是他這輩子遇到的第一個巧匠，只有它才能召喚那個自己也還不認識的真身。

胸口稍微有點緊，不能再隨便深呼吸了。

戴上子洋附送的軟帽，遮住顯然無法配得上裙子的毛刺短髮。在戰場個把月，髮型早就沒有承平時期嚴整。不過，還是遠遠不夠長，這輩子都沒有夠過。

呂少尉走出公廁，有點遺憾此地沒有鏡子，能讓他確認自己是否完美著裝。

回眼一看，瞄到古廟正中掛著「福德祠」的匾額。生平第一次，他有了想要感謝神明的念頭。不是哪一個神明，就是感謝神明。於是，他雙手合十，緩慢而慎重地，對著廟裡長鬚持杖的土地公拜了三拜。

如果「海東青」正在空中盤旋，想必很難理解，剛剛究竟偵查到了什麼樣的情報吧。

現在，是前往子洋家的最後一段路。他已經飛過此處上百次，熟悉到就像是親身來過一樣。不過，此刻他必須穿著「Mary Lou」，走過光天化日的街市。

哪怕只是五分鐘的路程。

不能再隨便深呼吸了。

他踏出巷口，用盡量快捷但還不至於引人注意的步速前進。在沒有轟炸的時候，解放區的街道與日常無異，也許稍微冷清一點。一些店鋪稀落地營業著，有人蹲在店門口閒聊，也有不知道要步行去哪裡的人。有男有女，人人神色冷肅。子洋說不必緊張，在臺灣，蘿漢早就見怪不怪，他每次和姊姊一起出門，甚至還會被火車上的人稱讚。那是真的嗎？

就算好幾年前，他就已經在日本看過神色自若的蘿漢，但還是難以想像世事能夠如此運行。更何況，這是戰時啊？他思緒紛亂，同時確實敏感地察知幾道投過來的眼光。那些眼光微微停駐，就那麼一秒半秒，似乎就要灼痛他了。但他們很快就撇開了目光，彷彿剛才那些注視，純粹只是「有人稍微盛裝了一些」導致的。比起來，與其說他們對這身衣裝有什麼意見，不如說他們是對這個時間點有意見；那些眼光裡含蓄的責怪，更近於「這都什麼時候了」，而不是「這什麼奇裝異服」。

呂少尉終於走到公寓門口。無論如何，沒有人攔住他，斥罵他或者指指點點。

正在這麼想，鄰居一位阿姨叫住了他。他全身血液倒流，從頭頂冷到腳底。只見阿姨淚眼汪然，上下打量呂少尉，口中翻來覆去地說：「你是子君的朋友吧？在四樓、在四樓，子君的朋友啊……。」

呂少尉不確定她在說什麼，只本能地用力點頭，然後隨著阿姨的指引，倉皇按了電鈴、進了老公寓。鐵門一關上，他就更加倉皇地在樓梯上狂奔。樓梯陰溼迴旋，扶手的暗紅膠皮已處處剝落，露出底下的鏽鐵架來。少少幾層樓，呂少尉卻覺得跟一場惡夢一樣長。就在這場夢裡，他突然意識到「子君」跟「子洋」是成對的名字，也就瞬間明白了阿姨的淚眼。原來，這是姊姊的名字。

原來，他身上穿的，是子君的衣服。

他在四樓門口停下，周身暖熱了起來。應該是因為奔跑，但或許裙子本身就是這麼溫暖的。

謝謝妳。他低低地說。

四樓的門打開，是子洋。

「呂大哥！」

子洋笑顏綻開，還是那副純柔的少年模樣。他拉著呂少尉的手，還沒全進到屋內，就把呂少尉轉了一圈。子洋點點頭，彷彿在驗收呂少尉的功課，並且覺得十分滿意。呂少尉還來不及有什麼反應，也來不及遮出手上的乾燥花束，就冷不防被子洋摘下了軟帽。

一絲冷空氣捲過毛刺的短髮，子洋又笑了。

「我就知道。你快進來！」

・・・

茶會前，呂少尉還有一課要上：假髮。

蘿莉塔是上世紀中，從日本開始流行的風格。日本人以洛可可和維多利亞時期的服飾為靈感，融入了他們對歐洲的甜美想像，重新發明了這種甜美而夢幻的裙裝。

既然追求夢幻，那就不必屈從於現實。

亞洲人的黑髮，是可以輕易改造的現實。

這些都是姊姊教我的，子洋說。

在姊姊的臥室裡，子洋拿出一頂金色假髮。窗外的陽光把它打得像是一道閃耀的浪。他翻出內裡，讓呂少尉看到內側如同帽子一般的結構。「如果是姊姊，要先戴上髮網，把長髮整理起來，」子洋伸手壓了壓呂少尉的頭頂，恍然這一刻他才是弟弟：「我們不需要，可以跳過這一步。」但是，這不代表隨手一套就算戴好假髮了。子洋把呂少尉拉到穿衣鏡前面，細細調整假髮角度，務使金色髮浪完全遮住原生的黑髮。初次戴上假髮，呂少尉只覺脖頸搔癢，每個輕微的動作都擾動及肩的髮絲。不覺間，他收斂起平常隨意顧盼的習慣，鏡中的自己竟爾端莊了起來。搭配整身的裙子，除了五官還是原來的樣貌，幾乎就脫胎換骨成西洋畫裡的仕女了。

不過，這對子洋來說似乎猶有破綻。他從飾品盒裡拿出一支髮夾，別在呂少尉的右鬢角，花朵形狀的嵌飾正好遮住了假髮無法覆及的黑髮。子洋再次擺弄呂少尉的頭，多角度檢視一輪之後，終於露出滿意的表情。

「好啦，先把假髮摘下來，等等再戴。」子洋促狹一笑：「接下來是化妝。」

將近一小時後，呂少尉才看到自己完整的樣子。以軍人而言，他的五官本來就略嫌清秀，此刻更是毫無武人氣概。在子洋的巧手之下，他的臉龐看起來緊縮了不少，彷彿一隻手掌就能覆蓋；而有了眼線和假睫毛襯托，眼睛卻反而更加深邃，像一迴自湖心無限擴散的漣漪。本來太過粗糙的皮膚，也平整緻密，看不出任何凹凸。最惹眼的，則是唇上鮮豔到令呂少尉有些不安的口紅。但站在鏡子前面，與「Mary Lou」的酒紅色一相搭配，所有疑慮都消失了。

從頭到腳，他都不再是呂少尉了。

這是「海東青」再精密，也不可能測繪出來的樣子。

因為，唯有經歷過這一切的他，才能深深記得今天這張臉，以及這張臉的每一個細節是如何打造出來的。他會記得子洋吟唱似地，反覆以「姊姊說」所帶領的每一個動作。姊姊說，假睫毛是最困難的部分之一。幫假睫毛上膠之後，不可以立刻貼到眼瞼上，姊姊說，要稍微等它乾一些。子洋揚了揚手，像是催乾郵票上的膠水那般；於是他也有樣學樣。貼上去的時候，要先固定中央，再固定兩側，姊姊說。當然，除了上睫毛，也不能忘記下睫毛，姊姊說。

子洋不斷反覆提起姊姊，彷彿姊姊還在，隨時會來驗收。

子洋也完成自己最後幾個著裝步驟，和呂少尉並肩站在鏡子前面。一靜下來，呂少尉才赫然發現，子洋身上穿的也是「Mary Lou」，只是顏色稍淺，是紫色的版本。也就是說，今天他們兩人將以「雙子」的樣貌出席茶會。就如同戰爭以前，子洋去參加過的每一場茶會一樣。

子洋伸出手來，牽住了呂少尉。從那隻手傳過來的力道，呂少尉突然覺得有一種強烈的不忍，似乎自己永遠不該放開他的手。彷彿子洋下定了某種決心，而那股決心也感染了呂少尉，讓他無論如何都願意接受。

「走吧，姊姊。」

子洋說。

他們一起走進客廳，攙扶母親入座。那是一張乾淨的木桌，配上三隻樣式古典的椅子。桌面中央有一只花瓶，插好了呂少尉帶來的乾燥花。桌上三副骨瓷杯盞，和一架三層式下午茶的精雕點心盤。其中一層鋪著白巧克力，呂少尉認得出那是某次用「海東青」送過來的。其他幾層堆疊著不少餅乾、糖果，看起來都是苦心積存了好一陣子的食品。呂少尉腦海裡浮現了幾年前，在蘿圈帳號看過的那些茶會圖片。這不是他看過最夢幻、最講究的，但肯定是臺灣島上、今天最好的一場茶會了。

三人入座，對彼此微笑。子洋從廚房取來熱茶，一一為每個人斟上。自始至終，茶壺都是子洋負責執掌，添水、計時、檢查湯色。呂少尉不懂茶，但凡事總有開始。茶湯入口之前，就先在杯緣留下了微微的紅印。姊姊說，最好喝的是英國式的花果茶。本身雖然沒有甜味，但薰香的甜膩香氣，卻會讓茶湯本身也有滋有味。

呂少尉若有所悟：原來都是一樣的。茶的薰香，和人的衣裝。

他抬頭，與子洋視線相對。還是那熟悉的，十二歲的孩子。但在霧氣蒸靄間，呂少尉恍然看見子洋收起了笑顏，換上了他們初次認識之後就再也沒有出現過、那原來是長久隱藏起來的表情。

・・・

當國軍第五軍團的機械化步兵旅重回觀音區，接受該地解放軍投降的時候，整場戰爭差不多就已進入尾聲了。

觀音區臨海，既是解放軍最初的登陸點，也是國軍反攻計畫的最後一戰。

半年多的反覆爭奪，在整個桃園市造成了難以計數的傷害。大量房屋因為轟炸而坍塌。兩百多萬的人口，則因為激烈的登陸戰，而死傷、逃亡而剩下不到一半。

數十年來，桃園沒有嚴重的地震，也從未因為颱風而受災。但這一次的戰禍，就抵得上數百年的大災。

市政府重新接管行政工作後，連續幾個月都忙於清點損失，試著統計毀壞的財物和死亡的市民人數。但有些數字，卻是不管怎麼統計都難以兜攏的。

比如說，有一支步兵分隊為了佔據有利地形，攻佔了觀音國小附近的一棟老公寓。他們逐層疏散住戶，卻在四樓的那一戶，發現了三具屍體。三具屍體都是盛裝死去的，分別是身著洋裝、四十二歲的女性戶主；身著華麗裙裝、十二歲的少年，以及同樣身著華麗裙裝的成年男子。從戶政資料上來看，前兩名死者是母子。雖然已經死亡多時，但在戰後法醫的相驗下，仍能確認他們是中毒身亡。室內沒有打鬥痕跡，三人圍坐在桌前，桌上仍有殘留的茶點，桌心裝飾的乾燥花形貌完整，並未受到破壞。因此，法醫基本排除了他殺，也沒有把這一家人，列入因解放軍的迫害而死亡的戰爭罪受害名單當中。

法醫在茶壺和少年手握的茶匙上，驗出了較強烈的毒物反應。

在少年的臥房裡，警察發現數量龐大的華服，以及使用到一半的梳妝用品。同時，警察也檢查了少年手機裡的電子紀錄。在戰爭期間，少年沒有什麼對外通聯。但是在手機裡，警察找到了一份標題為「茶會籌備事項」的純文字文件，條列了如下內容：

- 09:30　起床，準備媽媽的早餐
- 11:00　開始換裝
- 12:30　開始烤餅乾
- 13:00　自己著裝完成
- 14:30　確認熱水、茶葉和藥
- 14:50　確認姊姊著裝完成

● 15:00 帶媽媽上桌，茶會開始

——我們一家人，不要再分開了。

這份文件最終被法院採納為證據，全案就此偵結。但是，無論是第一批攻入的步兵，還是後來到此查案的警方人員，都始終搞不清楚：第三名身分不明的男子是誰？他和十二歲少年身穿同樣款式的女裝，但身上沒有任何身分證明文件，同棟樓亦沒有任何住戶能指認他的身份。根據住戶的證詞，這一戶的「姊姊」早在戰爭初期便死於空襲，也不會結婚或有任何關係親密的男性。每一戶鄰居都說，這一戶的姊弟感情很好，母親在姊姊去世之後便臥病不起，問來問去，就是問不出這名女扮男裝的死者，究竟是何來歷。

不過，在戰爭期間，統計與事實之間的混亂是司空見慣的事，因此這些謎團很快也就只留在少數人心底，隨時間慢慢淡去。而在少年房間裡發現的大批華服，也在社福團體的統籌之下，以戰後重建物資的名義收集，配發到有需要的民眾手上了。

（全文完）

・附記：本文與拙作《以下證言將被全面否認》屬於同一世界觀。本文亦感謝謝宜安提供之大量意見。

# 母親的夢

文・陳柏言

當興澈領著我走進外婆的房間，找尋那個巨大的繭時，已接近夏日的尾聲。當時，母親和父親的婚姻正在步入最後的階段。她與我並肩坐著看著新聞報導中，溪水夾帶著滾滾泥砂將六名工人包圍。電視機閃爍著奇異的光線，反覆播送著工人們即將消失的瞬間：他們手拉著手，像是城池陷落時仍堅守著的雕像。那幾乎是我年少記憶中最詭譎的一個畫面。我和我的母親在一個並不特別的夏日午後，毫無意義的坐著。我們如此專心致志，觀看著六名工人在水中相互依傍著，最終鬆開彼此的手，逐一沒入洪水之中。

我盯著電視，臉頰烘熱，甚至感覺到一絲不知所以的暈眩。

是在更久遠以後我才意識到，當時受到的吸引，乃是緣於死亡。十三歲的我，面對生死還只是個新手。直到最後一名工人在洪水中沒頂第四次，我才跟母親說：「我們不要再看了，好不好？」母親低下頭，沒有說話。

過了一會，她才看著我說：「你的頭髮好長了。」

我下意識順了順瀏海。

「我幫你剪好不好。」

手機響起了。那是母親的手機。「你一定不知道，」她舉起包包，在裡頭掏摸一陣（那是她跟團到深圳旅遊時買的假名牌包），抽出手機。她站起來，「本來也不會有你哦。」

那是什麼意思？母親帶著手機，走出家門，越過籠罩著庭埕那一大片陰影。蟬鳴噪響的炎熱午後，外公在庭埕上方築起了鐵皮屋頂。外公一直想要有一個延伸出去的屋頂。他總是嚷嚷，這樣可以讓房子看起來比較「大扮（tuā-pān）」，村子裡的人都是那樣蓋的。

外婆離世六十天，外公就找來工人築起了屋頂。

他還在屋頂上栽植了一大叢炮仗花。過年時，這叢紅花會火災那樣的盛大綻放開來。「恁阿嬤總算袂擱講些五四三。」不過，自屋頂築起後，手機總是收不到訊號，電視也不時浮現雜訊。像現在這樣：沙沙沙沙，沙沙——電視機持續發出聲響，沙沙沙沙，沙沙——「本來，也不會有你哦」——

所以，那到底是什麼意思？

我應該做什麼呢？起身，拍打那發燙的電視機？或者調整電線，索性關掉電源，離開這座反覆播放著他人災難的房子。我並沒有那樣做。我像是個不夠入戲，因忘詞而被晾在舞台上的演員。我依然坐著，彷彿要融進椅子那樣。也許，那就是我拿到的劇本。母親已走出庭埕，她在晾曬衣服的竿子邊，背過身子講著電話。小我三歲的弟弟興澈，則在擺放著風琴、縫紉機和地球儀的外婆房間裡，繼續與他的暑假作業奮鬥。

過了好一陣子，母親回來了。我們繼續並肩坐著。
我才發現我的肩膀，已能能觸及她的肩膀。
我問母親：「誰啊？」
「不重要的人。」
我問：「爸爸嗎？」
母親說：「問我要不要買茶葉的。」
「那妳怎麼講那麼久？」
「我聽了很久，才知道她是真的要賣我茶葉。」母親再次起身，「我去弄飯。」
「妳今天為什麼沒去上班？」
「吃炒飯怎麼樣？」
「妳為什麼都不回答我？」我發現自己的聲音，有些顫抖，「妳……」

「阿公差不多要回來了，他可能又餓了，」她拉開廚房紗門時，又轉過頭來告誡我，「不要碰我的手機。」

我看著她放在桌上的手機。

我看著電視機裡，有人從岸邊發射繩索。繩索不夠長，只到三分之一就掉落了。於是繩索成為尺度。我意識到，那是一條多麼遼闊而混濁的溪流。直升機也出動了。在空中停留，繞了數圈，又飛走。溪水中的人已經被沖走了。不再需要拯救。有人用大聲公在說話，但沒有人聽得清楚他在講些什麼。

電視又出現雜訊，我舉起遙控器，調整為靜音。

我聽見廚房裡，自來水落在鋁鍋底部，發出清脆的聲響。

穿著皮卡丘睡衣的興澈，打開門，小動物一般，靠到我的身邊。坐下，手臂環著我的腰。他像是在安撫我，又像在責怪我，輕輕拍打著。

「寫完了嗎?」我問他,「寫到哪裡了?」

「哥哥,」他兩眼直盯著電視,「阿嬤的房間裡面,有一個蟲繭。」

「什麼蟲繭?」

「很像蠶寶寶的繭,有點黃色的繭……」興澈用手比劃著。他的左手固定,右手則像是在捏陶,畫著一個比他手臂還長的圓,「可是,有這麼大……這麼大。」

電視新聞重新播送。

岸邊圍觀的群眾,一個堆疊著另外一個。默劇一般,他們安靜的驚駭叫喊,猶如沙礪般相仿的臉孔,全都貼上了螢幕。沙沙沙沙,沙沙沙——沙沙沙,沙沙沙——細碎的雜訊,在空間中流竄。我和興澈並肩坐著,像是在等待著什麼。那讓我忍不住想起:我們為了抵達這裡——阿拔泉,外婆家,我們得付出多少努力。

「你帶我去看。」我站起來，拉著興澈。

興澈沒有動作。

他看著我，然後問我：「阿嬤去哪裡了？」

•
•
•

「阿拔泉」位在高樹鄉，而它在地圖上的正式名稱，其實是「源泉村」。阿拔泉沒有火車站，客運則不只須繞道，還要幾個小時才有一班。

自從我有記憶以來，母親帶著我們兄弟倆回阿拔泉，從未坐客運直達。首先，我們必須機車三貼到鳳山火車站（躲過可能有警察臨檢的路線），搭區間車到屏東，再轉客運至泰山。到了泰山站以後，還得預先打電話給外公，讓他駛來藍色小貨車，將我們接走。機車，火車，客運，貨車⋯⋯，在那些漫長的，複雜的轉車中途，我不免好奇，那些被封印在客廳上方的祖輩，究竟是如何遷徙至此。黑白照片裡的他們，總是愁眉苦臉，心裡大概也是相當齷齪（ak-tsak）吧？那麼，又為什麼選擇落腳在這裡呢？

那是我關於阿拔泉的第一個謎。

第二個阿拔泉的謎，則是關於外公。我們在泰山那破破爛爛的轉運站口下了車（可以想成西部電影裡，那人煙稀少的荒廢小鎮），便看見馬路對面那棵巨大的，繫著紅繩的大榕樹。榕樹下，建有一所小廟，長年鎮守虎爺（母親會低聲命令我和興澈朝著大樹拜拜）。繞過榕樹，便能看見賣麵線羹的小店。主人是個滿嘴紅汁手臂上還有玫瑰花刺青的阿桑。很長時間，我對她懷抱著敵意。我將她認作是外公偷情的對象。即便她總是脂粉未施，翹腳剔牙。儘管她坐得離外公遠遠的——那讓我更生懷疑，她必是心裡有鬼。

「阿公！阿公！」興澈大叫著，跑進店裡。

順著興澈的方向，我看見外公。他的膚色黝黑，幾乎融進陰影之中。

「無叫阿公？」母親回過頭，示意提著行李的我。我便行禮如儀的，也喊了聲阿公。

「毋免啦，」外公熄掉他的菸。站起身，就要呼叫阿桑來點餐。母親說：「無免啦，阮頭拄仔才食飽。」

「無恁佇遐小可等咧。」外公將我們提著的大包小包接過去，堆放在一旁的空桌上。我們三人坐下，多佔據了一張桌子。

外公慢條斯理的，吃著他的麵線羹與皮蛋豆腐。

十點四十五分，我看了看掛在牆上的鐘。還早。店裡客人不多，阿桑正在收看前晚重播的綜藝節目。節目裡，主持人將一桶冰水，倒在女明星的身上。女明星發出尖叫，阿桑也發出疑似笑聲的低沉聲響。

十點四十六分。我又看了掛鐘一眼，日頭還未走至天頂，外公像個青少年，竟已感覺飢餓。那時，暑假過後才要升上高中的我，總覺得外公比我還要年輕許多。我簡直想不到，有誰會比外公更沒有煩惱。他彷彿已不再思考，哪一塊田地的農作物要收，農藥肥料何時要灑。莊稼工事，農作技藝，像是早已融進他的身體。關鍵在於：他已不必思考未來。他每日關心的，只有吃，甚至不是以後的吃，而是當下的吃。什麼時候要吃？要吃些什麼？

我甚至不確定，他還會不會作夢？無論是過去的，還是未來的夢。

他不必再管外婆。

外婆生病以前，我們曾有過一趟小琉球的家族旅行——當然，成員裡面沒有父親。那是暑假的開始，幾個小孩子，包括只有在年節時，才有機會見面的表弟表妹，嚷嚷著去過「蝙蝠洞」後，就要到沙灘玩水。

外婆個子小，性子急，踩著夾腳涼鞋，步伐好快，一直催促著外公跟上。才剛抵達蝙蝠洞未久，外公就一再提問：「啥物時陣欲食飯？」外婆回他：「你拄才毋是才食過？」外公說：「中晝欲食啥？」外婆已經懶得理會，繼續走，喊著：「咱耍（sńg）咱家己的。」

外公不說話，快步往回走，一屁股坐在租來的機車後座，點起菸，「恁欲耍就去耍。我佇遮等恁轉來。」外婆不轉彎，繼續前行。身為長姊的母親，只能跟上去，阿姨、舅舅和幾個小孩子則面面相覷，不知如何是好。幸好，五分鐘後就下起雨來，陰風陣陣，玩水行程必須取消。外公不說話。他不動如山。看著人群在他身邊來去，氣候生變。他抽了不知第幾根菸。

雨愈下愈大，母親找到一家海產店，據說老闆也是高樹人，隔壁村子的。外婆說她吃不下，要舅舅載她回去民宿睡覺。她穿上雨衣，一邊揮著手跟我們說：「古拜」、「莎呦娜啦」，好像要出國比賽。外婆走了，外公毫不在意，胃口大開。他剝了兩大盤的草蝦，還嚷著要去釣魚。

那是第一次，我將外公列入阿拔泉之謎。

我發現，平時寡言的外公，其實是個易感叛逆的少年。

不過，說「易感」也許並不準確。他沒有那麼變化無常。他的心情很好揣度：只有餓的時候，他才會生氣——更準確來說，他並不是「真的生氣」。他連生氣都沒有力氣，那只是單純的消沉。他是個好早好早就已決定躺平的人。

我羨慕他，甚至有些妒恨。也許只是因為，我還沒有準備好做那樣的人。

• • •

外公將行李掛手上，走出攤子，引領我們繞過榕樹，走進一條小路。路上有些泥濘，邊側則栽滿了黑板樹。走了一會，就能望見，路的盡頭有一道漆成紅色的鐵門，小貨車就停在那裡。

外公領著我，走在前方，他並沒有問我，父親為什麼不一起回來。也沒有問我，為什麼母親還穿著她去百貨公司上班時才會穿的藏藍色套裝。他忽然問我：「阿明，你啥時欲結婚？」

如果這是一齣戲，外公必是個脫稿演出的演員。我愣住一兩秒，才故作鎮定地回：「阿公，我才十三歲。」

「有交女朋友無？」

「囡仔人交啥麼女朋友啦？」母親聽到後，在後面喊著，「伊才幾歲？」

「我十六歲就娶恁阿嬤矣。有啥物好等矣？就趕緊娶娶矣、生生矣。」

外公打開門，將行李通通丟上副駕駛座。隨後，他將準備好的報紙，一張張打開，鋪墊在車斗上，指揮著我們爬上去，和他攪拌歐樂肥的橘色大塑膠桶並坐。

「有坐好無？」

「阿公，GO！」阿澈喊著，忍不住起身，又怕外公聽不懂似的，轉換成台語，「阿公，行、行！」

「劉興澈，坐下來。」母親喊著，「你忘記之前那個小朋友了嗎？」興澈仍靠在車頭，不管母親說過無數次的，那個將頭伸出火車窗外而身首異處的小朋友。

「劉興澈！」

「出發！」阿公說。

貨車啟動時，我看見母親和弟弟，都大力搖晃了一下。是那一下的晃動，讓我深深感覺到一種幸福。比起「回到阿拔泉」，我更喜歡的，也許是那種奇異的同步感。

我喜歡坐在車斗。我喜歡風打在臉上的感受。我喜歡泥土和樹木散發的土霉味。那是讓人安心的氣味，彷彿被什麼輕輕托住的，擁護著前進的感覺。我也喜歡忽然湧現的雞屎臭氣。我喜歡外公帶著我們走過很多次的回家路線，我相信未來，還會再有更多更多回。車斗上仍然有我，弟弟，和母親。甚至，沒有父親也無所謂。我不確定，當時的我是否仍對此懷抱著希望，但是我從沒有在夢中，做過有父親的夢。外公說的是：出發。那很像航行。我們在同一條船上，航行在鳳梨田、茄子園和喊不出名字的林木之間。

我們不靠岸。

我們會繼續看見香蕉園，看見菸葉田，芋頭田，看見一株株細弱的檳榔樹。我們會在一處有雜貨店的巷口轉彎，看見一所大廟，看見小巷裡的廢棄的宅厝。看見遠處有一座大山。我們會停下，在一處垂掛著翠綠炮仗花的，有屋頂的庭埕前。

•
•
•

三年前送走外婆時，我也跳上了外公的小貨車。

那是個普通的上班日。靈堂擺滿鮮花像是一座花園，佛經反覆播送，還有通電自轉的金童玉女。遠親近鄰來得零落，遺照中的外婆，彷彿也略顯哀愁。暑假過完，我才要升上國中。父親從收到外婆過世的消息後，就反覆囑咐著要我不要跟隨，「你還小，去那種地方，會被『煞到』。」

直到要回阿拔泉的前一天，母親都未說什麼。她提早下班，收拾好行李後，說要「躺一下」，就關進臥房裡，不再出來。

「我想要去看阿嬤。」八點檔片頭曲才剛下，我就坐到父親身邊。我直直盯著電視，努力不與他對眼。而電熱爐上的茶壺，正在冒出滾滾白煙。

「你要喝茶嗎？」父親說，「會不會睡不著？」

我想要看阿嬤，我又說了一遍。

父親看著我，語氣依然平靜，「阿嬤家的碗盤洗不乾淨，棉被也沒在曬。在高雄睡覺那麼舒服，不好嗎？」

我看著他，堅定地說，「我想要去。」

「你要去就去，就不要吵著要回來。」父親搖了搖頭，說他最近事情很多，沒那個時間回去。他回阿嬤家總是睡不著，覺得棉被有很多蟲子，「你們自己想辦法。」

興澈見狀，也吵著要回去看阿嬤。

「阿嬤已經不在了。」父親說，「等你下課，我就帶你去玩具反斗城，好不好？」買玩具是只有打針後，才會安排的行程。艱難取捨下，興澈只好哭著說好，「那我要買暴走兄弟。」

守靈的夜晚，我是唯一回到阿拔泉的小孩。

庭埕炎熱，母親和兩個阿姨打開一張小桌，摺紙蓮花，細細碎碎聊著。我拄著頭，讓那些談話隨著時間毫無意義的流過。我開始注意起，那些懸掛在牆上的輓聯，看起來彷彿假造的鮮花，……，最後，是冰櫃。廳堂中的冰櫃。我沒有過去看，但我知道外婆就在裡頭。我不合時宜想起畢業典禮上，全校一起大合唱的〈萍聚〉：「別管以後將如何結束，至少我們曾經相聚過……」

我聞見一股惡臭。

並不是行經雞舍時，聞到的那種充滿腥味的臭氣。也不像是被遺忘在冰箱深處多時，澈底腐爛掉的食物。那是我未曾聞過的氣味。那是死亡的氣味嗎？我掩住鼻子，卻發現母親和阿姨們，都恍若無事靜定聊著天，「你們沒有聞到嗎？」

她們看了我一眼，繼續折著紙蓮花。母親問：「聞到什麼？」

那是不是外婆的氣味？

我其實並未好好聞過外婆是什麼氣味。更何況，我並沒有親眼見證過外婆的死亡——據說，她是保留住最後一口氣，回到家裡才離世的。母親不讓我去見遺容，我不確定是不是父親要求的。也許再堅持一下，母親會讓我去看的。那時候的我還是太軟弱了啊。「外婆一定還在這裡。她看到你回來，她就會很高興了。」大阿姨安撫著我，那讓我不免想起了外婆。活著的外婆，還有死掉的，躺在「那裡」的外婆。我彷彿有了兩個外婆，又彷彿兩個外婆都沒有了。

臭氣再次襲來，我趕緊取出榕樹葉片（那是在泰山等待外公時，母親順手摘下的），以指尖磨擦出汁液，靠近鼻子，有些刺激的香氣溢滿我的鼻腔。黑衣黑褲的大阿姨和小阿姨看見了，她們沒有說什麼。

母親的手機響了，是興澈。父親已帶他去買了四驅車，名叫「響尾蛇號」。他問母親，明天什麼時候要回去。母親說，中午吃飽飯，就會回去了。興澈又指定我來接聽，劈頭就問我：「有沒有看到阿嬷？」

我愣了一會，才說：「沒有。」

「阿嬷去哪裡了？」

「阿嬷在跟我們玩捉迷藏。她躲起來，不出來了。」

為了躲避那偶然襲來的惡臭，我步出庭埕，轉進另一頭的小巷子。那裡沒有路燈，只有一點點的月光。我便踮起腳，看鄰居家的神明燈的光影綽綽，彷彿有誰正在朝著我看。我不怕，外婆會保護我。我甚至期待著真有什麼出現。又往前走。那是一片廢墟。原來的主人搬走後，日漸荒蕪，據說還曾經出現過一條青竹絲。一日怪手開進來，將屋厝移平後，再未新起。我踏上瓦礫堆，小心翼翼的注意著狗屎，沿路踩出聲響。被拆除的廢墟，是我和興澈回到外婆家，最愛探索的地方。我們撿拾過的東西百百款，印象比較深刻的，包括一張童軍椅，臉頰破了一片的日本狐狸面具，留存著八分之七的香水瓶。我們嘗試藉著這些被遺棄之物，拼湊前人過著怎麼樣的生活。還記得，有一回，我們翻出一只木箱，裡頭藏著一隻已然老舊，卻仍非常漂亮的芭比娃娃。只記得那芭比穿著精緻的黑色禮服，我們就叫她「小黑」。我和興澈興高采烈帶回家，讓小黑與其他的玩具並肩坐著。外婆見到後，立刻質問我們從哪裡撿來的。得知來自那無主的廢墟，就高聲要我們拿去扔掉。

我們還用日曆紙折了一艘紙船，將小黑裝進去，放進田溝的流水。那是第一次，我們一起送走一個朋友。

我在那廢墟來回踱步好久，什麼都沒有發現。像是有誰來撿拾過了一遍，連玻璃彈珠，汽水瓶，開罐器這樣的小東西，都一點不剩了。

我的眼皮已經好重好重。我固執地撐住自己，離開廢墟的巷弄，走到母親身旁，坐下來，又拿出快譯通，打了幾局貪食蛇。母親和她的姊妹們，仍在絮絮叨叨著，彷彿有無盡的話題，可以不斷延伸下去。我側過身子，聽她們憶述起那些，我還未來到這個世界所發生的事。像是曾跑到香蕉園的「另一頭」，在那裡看見被叫做「矮仔美仔」的嬸婆（她已去世多年囉），在水溝旁邊尿尿。

她們不小心驚動了嬸婆，讓她慌亂之下褲子都沒穿好，差點就要跌進水溝。她們竊笑一會兒後，大阿姨又接著說起，我們可是阿拔泉第二戶裝電視的家庭。紅葉少棒隊出國打比賽的時候，很多鄰居還會擠來我們家，澈夜看球。

「街角那家雜貨店，他們是第一戶裝電視的。」小阿姨見我在聽，便如此補充道。

大阿姨問：「妳們還記得那個開雜貨店的二兒子嗎？」

「廢話，就長得很『緣投』那個哦。」小阿姨指著母親說，「姊，他不是追過妳嗎？」

我假裝專注於不讓貪食蛇碰牆的遊戲，偷偷用眼角餘光瞥看著母親。母親淺淺笑著，似乎是默認，又像是懷念——但在昏暗的光影之間，我並沒有把握我是否真的讀懂母親的面容。

「姊，妳那時候也有喜歡他吧？」小阿姨又挖苦著說道，「妳那個時候，還偷偷拿阿伯送的美國鋼筆和信紙，寫信給他。」

「後來他是怎麼了啊？」大阿姨問，「很久沒有看到他了。」

小阿姨聳了聳肩後，轉向母親，「這要問姊。」

「沒有怎麼了，人家都娶老婆了，」母親說，「都過去的事了。」

我的眼睛幾乎要睜不開來。我放下快譯通，謊稱要去上廁所。我跑去那堆放著風琴、縫紉機和地球儀的外婆房間。掀開被子，將自己裹了進去。

天光大亮時，外婆的棺木已經不見了。外公將小貨車駛進庭埕，「來，先上車，我去上便所。」他喊著，神采奕奕的樣子，彷彿待會不是要去火葬場，而是要去爬合歡山。「阮愛趕緊，阿弘已經去矣。」阿弘是我的舅舅，據阿姨們的談話，他前一天還在廈門談生意，凌晨才坐飛機回來。逐一登上車斗後，我才發現大阿姨的手裡，不知何時已捧著一堆盛放的百合。她將手中的百合分成三份，母親、小阿姨分到了幾枝。我則被交付了一個竹籃子。籃子裡頭裝著水瓶，衛生紙，防蚊液之類的日常用品。

「來，阿明，你幫我們姊妹拍一張照。」小阿姨將相機遞給我。快門按下，外公剛好從廁所回來。大阿姨已經津津有味的，讀起那些鋪在車斗上的報紙，「你們記得那個誰，我們小時候還買過他的唱片，最近又搞婚外情了。」

外公問：「有坐好無？」

「有哦。」我喊著。

隨著小貨車的啟動，母親和阿姨們同時搖晃了一下。他們手中的百合花，也跟著晃動，沐浴在清晨的日光中，顯得更楚楚動人。

那畫面讓我泫然欲泣。

我忍不住告訴自己，外婆一定還在。這一切都還在。

・・・

「你阿嬤以前會畫一個圈，」母親說著，手上的剪刀沒有停下，「如果不聽話，就要進去罰站。有時候要站一整個下午。」

「如果跑出圈子會怎麼樣？」我抱著遺照那樣抱著一面圓鏡，鏡中反照出自己的臉。

「她會打人。等下我撥給你看，我頭上還有一個疤……」母親說，「你頭再轉過來一點，對，再過來一點。」

母親左手捏起我的頭髮，另一手的剪刀就揮去。金屬碰過髮絲，發出鈍鈍的聲響。我看著鏡中的自己，然後輕緩地移動鏡子，鏡子中浮現了母親的臉。她果決的神情，流露出一絲憐憫：「我們每個小孩都被她打過。有一次，你舅舅考試作弊，被抓到。你阿嬤拿掃把，追著你舅舅打，打到他站不起來。你阿公看到了，就跑去抓她的手，怕真的把你舅舅打死了。我國小三年級的時候，她還拿鍋子敲過我的頭。敲到她的鍋子都破掉了。」

我的母親，曾經是個天才。

她總是這麼說著，我也一直這麼相信著。她說，那是因為外公、外婆都非常聰明，她遺傳到他們的優良基因而已。尤其是外公，他從小就很會算數學，「不要看他皮膚那麼黑，只會做工，他國小每次都考全校第一名。」每個教過外公的師長，都囑咐外曾祖父，一定要讓外公繼續讀上去。外公的哥哥，「你要叫他『伯公』的」，也非常聰明。「你阿公的頭腦不會輸給他。不過那時候，家裡供不起兩個大學生。你阿公就說，沒關係，讓給哥哥，他甘願留在阿拔泉做事。你伯公很爭氣，考到台大，後來又去美國念書。你阿公很早就娶了外婆。他們兩個沒日沒夜擔香蕉，還兼差幫別人種田。下雨的時候，還要去溪溝撿蝸牛。」

伯公取得物理學博士學位，光榮歸國。那時候，阿拔泉從村頭到村尾，都放起了鞭炮。滿地的紅炮屑，鋪成紅地毯，比任何神明生日都還要盛大，每隻野狗也都像是在高興的慶祝吠叫。這一座窮鄉僻壤的阿拔泉，竟然出了一個博士。鄉長來了，縣長也來了。「你阿公那時候站在旁邊，給他們幾個做官的帶路。我看過照片，你伯公穿著西裝，走進神明廳叩頭，向祖先告知他衣錦環鄉。你阿公很高興，好像自己才是那個歸國的博士……，好了，你去那邊等我吧，我掃一下。」母親接過我捧著的鏡子，連著剪刀放到一旁架子上，「我本來也很聰明，都是被你阿嬤給敲笨了。」

我站起來，脫掉圍在身上的領巾，走到庭埕的另一邊去。那是外婆以前會喊著我們沖腳的所在。我將水管接上水龍頭，拉了一張小板凳過來。我想起三年前，坐小貨車去火葬場的路上，母親講述過的另一個，她「不再天才」的故事。那時，捧著百合花的阿姨們，紛紛露出了「妳到底要講幾次？」的神情。母親將飄散的髮絲向後撥，兀自說起那一日，是小學的畢業典禮。她騎著腳踏車，快到家的時候，有一陣風把她的帽子吹了起來。她下意識地伸手去抓——她放開握把，伸出兩隻手去抓——腳踏車歪斜，越過了車道，對向剛好行來一輛汽車。她被撞上，拋飛到一旁的茄子田裡，「我在那裡躺了很久，應該是昏迷了。醒來的時候，天色都暗了。我自己站起來，一跛一跛的回家。妳阿嬤看到了，還罵我，說妳到哪裡去野了？」

「從那以後，我就覺得自己的反應，沒有以前那麼快了，很多課本上的東西也都記不住，」母親轉開水龍頭，舉起水管，「你頭再低下去一點。」

「所以，我這一輩子，也就是這樣了，」水流從我的頭頂澆落，也許是因為水塔曝曬在陽光中，相當溫暖。母親將洗髮精擠在我的頭上，又感到一絲沁涼。她輕緩地，搓揉著我的頭髮，弄出泡沫，「我中午跟你說的，那件事，你有聽到嗎？」

「唔，」我點了點頭，假裝因為低頭發不出聲音來。

「沒關係，你不用說話，」母親加強手勁，泡沫落在我眼前的地上，一坨，一坨的，水流很快就會將它們帶走。我聽見母親說著：「那是真的。」那時，她才二十出頭歲，高中畢業後就在國光客運工作，跑恆春線，很受阿兵哥的歡迎。那時，她和從警專畢業，初被分派到林邊任職的父親，訂下婚約。母親愛看海，父親假日就開著車，載她往沿海公路開去。那時是盛夏的時節，他們在加祿那一帶下了車，晴朗的天空就忽然間變了色。海面晦暗，像有一場暴風即將襲來。他們牽著手，穿過了防風林，抵達海岸邊時，海浪已經非常洶湧，浪花已飄散到他們的臉上。

他們看見一群人在不遠處的岸邊聚集。他們牽著手湊了過去，發現有個女人正在歇斯底里哭號著，聽不清楚她在吼些什麼。旁邊有個女士說，已經報警了。一問之下，才知那女人的女兒，本在淺灘處戲水，忽然一陣大浪打來，她女兒就被捲進去。她的丈夫見狀，立刻跟著跳進水裡。丈夫摟住了女兒，但倆人很快就沒了頂，被水流愈帶愈遠。那時，父親已考過了救生員證照，聽聞後，立刻脫掉外衣、外褲，要往那高漲的浪湧裡面跳。

「如果你是爸爸，你會怎麼做？」母親移動著水管，將水流移到頭的右側，「如果你是我，你又會怎麼做？」

母親說，父親脫掉衣物後，慎重地將套在無名指上的戒指脫下，連同眼鏡交在她的手裡。她拉住父親，怎麼樣也不願意鬆開。母親說，當時她哭了，一直喊著，「你不要去、不要去。」

父親最後沒跳下去。

他穿起了外衣、外褲，將眼鏡、戒指都重新戴上。他們用飛快的速度，拋下那哭泣著的女人，離開那海岸邊。他們穿過了防風林，以及逐漸織密的大雷雨。父親將音樂調到最大，在公路上駛得飛快。父親很快申請調到了高雄，母親也辭掉公務局的工作，改去百貨公司站櫃。他們結了婚。一年後就有了我。「如果他跳下去了，就不會有你了。」

母親關掉水龍頭。

「我常常覺得，那很像一場夢。我有時候忍不住會想，會不會他跳下去，會比較好？」母親拿毛巾，三兩下就將我濕淋淋的頭，包覆起來。她說，「你自己去拿吹風機。我看看興澈寫完了沒有。」

我說好。

「你要不要吃豆花？」她問我，「我們等下去買。」

•
•
•

外公開著他的藍色小貨車，一路載著母親，來臺北參加我的畢業典禮。

那時我二十三歲，是我最後一次跳上小貨車的車斗。我穿著學士服，和外公、母親並肩坐著，請同系的同學幫我們拍了一張照。我將學士帽戴在母親的頭上。外公再次問我，什麼時候要結婚。我跟他說，再兩年，再兩年。我每次都這麼說。我已不是新手，我學會了怎樣說話。我注意到，母親的肩膀已經比我還矮，甚至比外公還矮。興澈沒有來，我們很久沒有聯絡了。父親已另組家庭，據說興澈跟他的後媽關係還不錯。

有時我仍會想起那個夏天。我和母親並肩坐著，在充滿雜訊的電視上，反覆看著六個工人沒入水中。我想起那一日，興澈領著我，走進堆放著風琴、縫紉機和地球儀的外婆房間。興澈站在門外，我走了進去，發現在外婆的床上，有一團斑駁粗礪的棉絮，那看起來確實像一個破掉的巨大的繭。我躺了進去。我做了一場好長好長的午夢。直到聽見母親喚我，我知道我將要剪去我的頭髮。

（全文完）

# 秋天沒有的絕症（心靈受到衝擊）

文・張亦絢

## 01

啊。啊。這就是心靈受到衝擊。

還好心靈沒肚子——否則，應該已經凹下一大塊，或是破大洞，腸子都流到外面來了。真沒想到，真沒想到。沁宜思忖：原來我的心靈還會受到那麼大的衝擊——第一波來時，就有預感。但預感不只靈驗，衝擊波還比我想像得來得大。

感覺上也很像攻擊——但說是攻擊，彷彿對方有意向，這點沁宜不想那麼想。攻擊可以閃避或回手——但這種很像只有挨打的份，應該視為打擊——然而，打擊好像是情感或心理層面，受到打擊，要過一陣子才會恢復——可她是恢復不了了，這種不可回復感，或許就是經驗最恐怖之處。

人是沒有權利說，我不想要經驗——經驗總是太快。

沁宜想起看過教人防身術的教學影片，有人從後面勒妳，不是死命去抓勒住頸子的手，而是要試著踹後面的人。用直覺防守通常是錯的。沁宜看了幾集就放棄——影集都假設攻守兩方身形沒有太大落差，像我那麼矮小，很多招都派不上用場。一定也有教人心靈防身，但那恐怕是騙人的。身體招式的變化，不會多過心靈——我現在所感受到的，小采應該就會說「沒感覺」。

亞琪可能會承認沁宜有理由感到「發生了些事」，可是亞琪擁有某種光滑性，沁宜覺得「沾黏」的，亞琪應會無塵脫身。亞琪大沁宜十歲，沁宜小時候曾經很崇拜亞琪。長大後，沁宜覺得亞琪太投機，不創作，但視自己為伯樂——那麼，有人有成就，她總是功臣，有人失敗，是失敗人自己的責任——亞琪選擇的角色，本身就有一套演算法，使她穩贏不輸。

沁宜年少時不懂演算，後來就覺得亞琪太會挑角色，從不進入真正有危險、有滄桑的世界。

小朵，她國中的死黨，也是一絕。沁宜問她：「這輩子有過憂鬱情緒嗎？」小朵的答案是沒有。

小朵並非沒煩惱，被同學說了壞話，與婆家有不快，小朵也會訴苦。但沁宜是從小朵身上，才知道家庭庇蔭可以發揮多大功效。小朵從沒工作過，沁宜知道她結婚時，帶去的嫁妝不薄。偶爾小朵會抱怨自己投資股票的眼光太爛，可小朵就是股票賠了也傷不到筋骨。想到小朵，沁宜就覺得不該說什麼「人都要努力」，因為小朵就證明了，先天的優勢就使人對大部分的憂愁免疫。小朵運氣好——就拿「心靈受到衝擊」這事，也不能說沒有運氣的成份在。沁宜差點就能與衝擊錯開。

02

我有錯。沁宜想。本來就不太愛交際，空閒時候添了新活動，更勤快地刪朋友與封鎖人。以前遇到不順，她會找小呆——這次她直接躲地洞。只有工作上的人際沒有去變動——這種人際很少會進入內心——界碑都立得好好的——但是這次會出事，原本不也以為很有界碑嗎？已經有兩三年，沁宜覺得與毛毛的界碑也是完好、不會出錯的——但這次忽略界碑的也是沁宜——都是因為聽到「絕症」這兩個字。

在她生命裡，毛毛是非常奇怪的存在。她們有同一個外祖父，不同外祖母，外祖母與外祖母又是親戚——沁宜的外婆年紀比較小。沁宜母親覺得不光彩，沁宜三十歲前，都瞞著不給她知道。但早年家族聚會婚喪喜慶中，兩人仍會一起玩耍。上小學後，她就沒見過毛毛了——應該是大人將她們隔絕開來。後來沁宜母親說，碰到毛毛媽媽，說毛毛想跟沁宜聯絡，沁宜憑的也是兒時印象：「我記得毛毛。」她就和毛毛見面。只要是母親那邊的，都是表兄弟姐妹——但毛毛說，她們不是表姐妹，更像姐妹——沁宜跟省吾表舅聊天時，無意間提起這事。

沒想到省吾表舅斬釘截鐵：「妳們算姐妹。」沁宜比較希望毛毛是表姐，畢竟——變成姐妹，事情就變比較大。又不是同父母，省吾表舅的話，讓她混亂了一陣。整理的結果是，他們想要表明的，是兩人比表姊妹還親，因為沒有詞語代稱，才跟她說「更像姐妹」。

重見毛毛那天，沁宜嚇壞了——毛毛長得像她從小到大，一路放棄過的「準情人」——在那之前，沁宜並不知道存在「第二原型」——她一向很清楚自己的「第一原型」——第一原型就是自己註定會愛得粉身碎骨的那種，沒辦法討價還價。第二原型就是她會吸引到，也以為自我可以改變，最終仍不行的——沁宜命名為「不致命的吸引力」。

第二原型，無論如何都沒進過自己情慾的房間——這種事也不是邀請不邀請就會成——能進的就能進，不能進的，連門口都不知道有。

小朵或亞琪，都在比第二原型還遠的地方，謂之朋友。

她想像的毛毛，應該在類似小朵或亞琪的位置——沒想到，毛毛比她們都更靠近。

在看到毛毛之前，沁宜並不知道她的第二原型，還真的有一個「型」——他們全都高頭大馬，臉孔則是觀音臉——卻沒有觀音相。這種反差算生得美，總有什麼會打動她。可不知為何，沁宜總是更想讚美他們，而非愛他們。他們之中有人，分別表達過抗議，還有人曾拿小說讓她看，內容說得就是，高個的妻對矮個的夫更有愛意。好像有人說過，沁宜突破了同性戀恐懼，沒突破高個恐懼。

高個子恐懼？多奇怪的說法。但沁宜想到她曾有過的一個男友M，他說，沁宜的愛情圖像，就是兩個藍色小精靈手拉手——沁宜聽了噗哧一笑。她小時候的房間真的貼滿藍色小精靈貼紙，難道那會構成情慾無意識？M也高。在床上總有一種生怕壓壞她的表情——沁宜也不否認，看到高個子，她的第一反應也常是：這人光是倒下來，我就慘了。

小學一年級時，有天沁宜在小學的溜冰場裡練溜冰，溜了一下午，剛把溜冰鞋收了，準備回家，有個人上來自我介紹說是附近高中的高中生，想跟沁宜交朋友。沁宜沒等他說下去，就道：「你——你就是大人說的壞人！」一邊發出尖叫，飛奔回家。

——大人教過無數次：如果陌生人接近妳，跟妳說話，拿糖給妳，那就是壞人，不可以拿糖，不然會被賣到遙遠的地方。當時沁宜還問：「那省吾表舅給我的牛奶糖也不能拿嗎？」大人一陣笑，跟她說，省吾表舅不是陌生人。又笑她，羞不羞，那麼貪吃牛奶糖。

那陣子，小孩被拐賣的事常上新聞，父母說，碰到壞人要快跑。

有時沁宜也不太確定，那個高中生是否就是壞人——她還被媽媽抱在手上的年紀，有次等公車時，一個女生來問她媽媽可不可以訪問沁宜——因為老師給了作業，要他們練習訪問陌生人，可她不敢對人開口，她比較不怕小孩，可否讓她用沁宜練習？記得媽媽就同意了。

女學生給她留下深刻的印象，後來可以用各種成語形容：出此下策、投機取巧、膽小如鼠、不到黃河心不死。

往好的方面想，溜冰場的高中生，說不定就和那個未來記者一樣，想做什麼練習。——可那時她只感到恐懼——或許那人還散發出無法言傳的冷酷氣息。沁宜只記得他很高——高中生在小學生眼裡，想不高，大概都難。

## 03

沁宜雖然喊省吾表舅作表舅，但她小時候有點不確定他是大人，還是小孩。聽媽媽說，表舅清晨就去送報紙，有時送完報還要去做別的工作。是什麼工作不清楚，只知道媽媽常常說，擔心省吾不穩定。有工作的人應該是大人，但送報，又感覺沒那麼大。

「真可惜，省吾原來很會讀書的人。」媽媽說。

表舅的父親與外公一樣浪蕩，「搞得家破人亡」，媽媽說是這麼說，可她是兄弟姊妹裡，最偏袒沒回頭的浪子父親的，舅舅阿姨們不高興跟她往來，據說這也是原因。表舅父母還在世時，就不太管表舅了——表舅沒地方去時，會到沁宜家住。來的時候，省吾表舅都會給沁宜牛奶糖。沁宜隱隱知道表舅來家裡是落難，拿他的牛奶糖似乎過意不去，但還是回回都覺得，牛奶糖真好吃。

沁宜知道媽媽覺得對表舅有責任，但不清楚為什麼。後來知道，媽媽是有身世之感。「外公至少還有錢過一陣子。妳表舅從小到處流浪。人家有家的好處，他都沒有。男人亂搞就罷了，亂生小孩，生了不管。小孩可憐。」媽媽只差沒說，我如果運氣不好，也會跟省吾一樣慘。

據說，家族裡的其他人，都覺得外公與省吾的父親「亂生小孩」，要自己扛責，不打算幫忙收爛攤子。沁宜覺得媽媽看待表舅，有時也很像「看爛攤子」。家族的人不管省吾歸不管，可都還是知道有省吾這個人。

所以，當毛毛跟毛毛媽媽說，好友與省吾表舅一樣得了絕症，毛毛問毛毛媽媽，不如就找省吾表舅問一問，可以怎麼辦。毛毛媽媽先跟表舅說了，表舅跟沁宜說，他有幾通手機沒接到，不知會不會是毛毛。

她覺得表舅這年紀，沒接到手機容易過意不去。加上她聽到「絕症」，馬上忘了先前為什麼斷聯：「我來打給毛毛。」後來沁宜才想，她原可以把毛毛的號碼給表舅，就知道是不是毛毛打的。是我太不小心——沁宜想，我一聽「絕症」就亂了方寸。

## 04

外婆和媽媽，都曾經突然癱瘓。雖然沒有持續很久，只有兩、三個小時，但突然「不能動」這事，怎麼想都很嚇人。醫生說只是心理壓力大。有天沁宜一隻手只能抬到半空中，再也不能動。

有次人還沒到急診室，路上就好了。有次醫院沒辦法，就當成骨折之類給她包紮，第二天倒也就好了。講起來好像烏龍好像裝病，可手不能動時，就是剎那變成一個活人加上半臂死雕像。小杂要她查體化症，但比起體化症，她又好得太快。問題是，總不知道，什麼時候又會突然發作。

媽媽從學校退休後，每天跳元極舞，見到她第一件事總是說：「我今天有跳元極。」沁宜覺得，媽媽說的是：我有注意健康，如果有天我又癱瘓了，那不是我的錯。要說心理壓力，是什麼呢？活著不就是壓力嗎。如果像醫生說的要適時釋放情緒，有些事還真的太難釋放。比如外公為什麼是這樣的人；外公為什麼不能不是這樣的人。

她問省吾表舅：「媽媽都不跟我說舅舅們的事，到底他們是什麼樣的人？」省吾表舅停了一會兒，沁宜知道他在斟酌用詞——談到親戚，省吾表舅都要花時間斟酌用詞。他終於開口時，說了一句：「他們身上都有槍。」

沁宜愣住，她想過了解自己的親戚，但沒那麼想了解。她沒問下去。

她知道，接下來的問句不得不是：「那他們殺過人嗎？」——她沒問。到這階段，表舅不是堅持沉默，也很可能騙她。「妳媽媽帶著我，是怕我跟他們學壞。」媽媽確實常說：「好在省吾沒學壞。」她那時還以為說的是，還好省吾表舅沒抽菸。

我舅舅有沒有殺過人，對我會有影響嗎？親戚們是什麼樣的人，跟我有關係嗎？

「我高中時，妳媽媽都讓我去嘉義的牢裡看妳大舅舅。有次他要吃牛肉乾，那時牛肉乾好貴，他又要很多包——分給獄中其他人。幫他買完牛肉乾，我身上都沒錢了。差點回不去新竹。」媽媽很驕傲表舅考上竹中，總不忘跟沁宜說，那不是普通的好學校。會派表舅去看舅舅，卻不會記得讓表舅身上多帶些錢，這種行事作風，果然很像媽媽。

「我也是很後悔啦，」沁宜媽媽說，「他新竹住校時，我會給他零用錢。可他爸會去學校跟他要。他就全給了。我說，錢是給你的，如果你還要拿給別人，我不如就不給你。也不知道省吾爸媽後來想不開，是不是因為拿不到錢。」

沁宜想，媽媽少根筋。她不給省吾表舅錢，首當其衝的是省吾表舅吧，一個高中生，爸媽不給錢，還會跟他要錢，省吾表舅連吃飯都會成問題吧？媽媽是這樣，會突然慷慨，但毫不細心——沁宜高中時，領零用錢要先寫一份預算書，她寫得很清楚——但領的時候，數字老是高出她要的數目，她提醒媽媽預算表要用心看，根本沒用。

沁宜大學時有個室友住宜蘭，她跟她媽ㄧ吵架，就衝的衝回台北。室友人還沒到，室友媽媽的電話已經打來，拜託沁宜先借錢給室友。沁宜很佩服室友的媽媽，明明還在氣頭上，但不會忘記女兒的生活費。沁宜她媽就不一樣，她媽如果生氣，就會什麼都忘記。

沁宜讀高中時，省吾表舅和女友晴晴結婚，搬到台南。表舅在那裡負責美術用品行的業務，表舅媽在大學當助教。沁宜想，就像童話的結局，寂寞的孩子，到最後都有幸福的歸宿。

## 05

表舅媽剛和表舅戀愛時，沁宜就很喜歡晴晴，覺得他們很配——兩人「都不是太世俗」。媽媽聽了會說：「妳拜晴晴做乾媽好了。」沁宜嘖道：「表舅媽就不重要嗎？拜什麼乾媽。」

媽媽會說：「有去台南，去找妳省吾表舅。」然而，沁宜多在北臺灣，那時若是放假大家都往東臺灣跑。如果不是南藝大成立，有朋友招去玩，沁宜還真不知，她會不會去找表舅。

結果，等到她再見到省吾表舅，已隔了十多年。

那是大約一頓晚餐，再到一頓早餐的時間，我得到一個黑夜，與一個麗日。麗日來自省吾表舅——沁宜不知道表舅那麼高興見到她，簡直像大喜過望。黑夜則是晴晴表舅媽打開的——表舅媽比表舅早下班，先接了沁宜等表舅。表舅媽的語速很快，訊息量也很大。

「他可以好幾天都不跟我說話，無視我。我父母也會吵架，但冷戰我從沒看過。我真不知怎麼辦。我們家的人話都很多。你表舅最讓我害怕的是，他有想法，但從不說。」

「表舅一向話都很少。」

「嗯啊，他不是單純話少，他是故意表現『我才不要跟妳講話』。」

沁宜想起小學時，有次競賽拿了第三名，她覺得也還好，都有那麼多第一名了。可是她爸一看獎狀，就斥責：「妳沒盡力。」然後連著一星期都「故意無視」沁宜。她一開始以為是跟爸爸說話，爸爸沒聽見。重複幾次後，才知道這是「刑罰」。晚上睡前她抱著床上的鐵欄杆哭，發誓要成為「最佳得獎機器」。最後是，等她長大一搬出家，她也一句話都再不跟她爸說。她一直以為表舅與父親是截然不同的人。

三人碰面後，表舅對表舅媽看來沒不自然，還是「老婆、老婆」地喊。反而是表舅媽，沁宜看出她是為了維護表舅的面子。晚上，沁宜在客房睡下後，才想起手錶落在浴室，起身去拿，碰到省吾表舅從書房進主臥，什麼細節，讓她一望即知，表舅回主臥，只為讓她看到「表面正常」。前些日子他想必很意氣地睡著書房——沁宜想這就是「作賊心虛」——真有理由睡書房，客人來也坦蕩蕩。表舅因為她在，才意識自己必須人性點。

那天之後，沁宜開始給他們寄明信片與賀年卡。因為有些事「只有她知道」，只有莊沁宜知道媽媽多暴躁，誰依賴她，都不容易。都會心事不說。這是省吾表舅，但這也是沁宜。

## 06

他們坐在她對面，表舅媽先開口，說的話比較有頭有尾，表舅只說：「想不到我會得絕症吧。」忽然笑得前所未有的開懷：「我還是個足球健將呢。」沁宜一下就哭得眼鏡都濛了，看不清楚前，是表舅笑得一口牙都看到的臉。最嚴重時，他們沒讓她知道，現在慢慢可控制，才告訴她。

從那時起，沁宜開始比較規律地見到省吾表舅。通常是表舅來做檢查。以前不是去醫院時，省吾表舅來台北也會找她，有時沁宜會說，啊啊我工作做不完，走不開。省吾表舅會說，飯總要吃吧。表舅絕症後，變成沁宜會說：至少跟我喝個咖啡喔。

為何表舅要來台北看病呢？坐高鐵也是奔波啊——後來沁宜才發覺，是因為表舅是在台北長大的——甚至最初幾年開始工作，也都在台北。表舅記得的書店和唱片行，沁宜都不熟，每次經過，表舅都會不厭其煩告訴她——「噢。」沁宜附和，但不怎麼用心——就算記得，它們也不會回來了。

表舅媽問她，都跟表舅談什麼，她說，沒什麼，「讓他傳授我人生智慧那樣。」「他有什麼人生智慧？」「啊，就是要好好吃飯啦，不要太相信陌生人啦，工作不要忘記娛樂啦。」

她不會跟表舅媽說的是，表舅會跟她說，不會跟表舅媽說的就是——國民黨的壞話。表舅媽有外省人的「中華民國好國民感」，她不懂以前顛覆政府的人，怎麼會執政。有次說到陳菊，沁宜還是忍不住發難了：「表舅媽，妳就是不喜歡陳菊，不是嗎？」表舅媽說不是、不是。

表舅說來說去都是中壢事件，還有在軍中被國民黨修理的事。省吾表舅有陣子被趙少康帶著跑，是到「三中案」，才改口罵趙少康，一罵就很久。表舅罵人，沁宜最輕鬆，因為這樣就不用想話題。表舅媽也會跟沁宜告狀，「妳表舅喜歡看陳文茜的節目。」他們一個覺得「陳文茜很綠」，一個覺得「她比較中立」，沁宜不忍說：早從很綠變很藍囉。表舅表舅媽真的離什麼都好遠噢。陳文茜可能讓表舅想起自己的媽媽——沁宜媽媽說，碰到我舅舅前，你表舅的媽媽原也是前途看好的新女性。表舅書房裡有放大的相片。表舅媽媽過世時，表舅才十七歲，大家都當成自殺，且當成被沁宜媽媽的舅舅間接害死。「怎麼會害死？」沁宜問。「錢都拿去上酒家。」表舅書房沒有父親照片，表舅媽媽走後幾年他也自殺。沁宜外公也自殺，留下十二個小孩，兩個家庭。

省吾表舅到台北，沁宜都盡量陪他。有的地方不高興這樣的客人。表舅不算有病容，但吃藥顯老，沁宜悄悄找沒外貌歧視的咖啡廳，但這種咖啡廳，也不是沒毛病。

有回省吾表舅剛好去上咖啡廳的洗手間。有個也不年輕的女人來加水，衝著沁宜笑，笑成那樣曖昧，還說了不太乾淨但恭維的話，把沁宜當成「釣到老凱子的煙花女」。沁宜一口咖啡差點沒噴出來。沁宜沉下臉道：「那人是我舅舅。」才把那人嚇走。

會這樣！這間咖啡廳被幾所大學環繞……，不，或許正因是這個地點，大學教授性交易也不是新聞……。但沁宜都以為他們到國外嫖。在Line上還有炫耀的群組，才被發現——沁宜一個離了婚的朋友說——一節兩萬台幣，前夫去一趟日本，一天就花二十萬，人社科的教授們這樣花錢法……。

# 07

法國總理密特朗的私生女瑪查琳（Mazarin）上過電視。沁宜好記得，在一瞬間，她對瑪查琳反感得不得了——事後她一直責備自己，妳真不應該。可是，不管她怎麼對自己說，「瑪查琳應該和大家一樣」，卻消不去原始的感情檔。已是大學講師的瑪查琳，只不過輕輕嘲笑學生：有時程度不是非常好⋯⋯。換成別人，沁宜根本就不會注意。

可是對瑪查琳，她標準好嚴：「憑什麼，妳可是會造成痛苦的人耶。」沁宜試著與自己轉圜：說她造成痛苦，也不一定。各人有各人的宇宙，也許有的宇宙見解不同。沁宜非常用力地想了半天，還是覺得，理論上不該說瑪查琳造成痛苦，但理論就只是理論。

問題不在非婚生——很多歐洲人都不結婚，反正孩子權益不受影響。沁宜就有不少朋友不是婚生。但重點是，小孩是否還是背叛與欺瞞的結晶。看著結晶體，我們不得不變成被虐狂，被迫想起：如果不是男人比女人有權力，至少也有某種類型——提醒我們，這世上多少有點弱肉強食。

毛毛會說：我認識很多這樣的小孩開始很自卑，但後來會很有動力，變得比較有成就。聽起來是好話，可被毛毛翻來覆去講，沁宜聽得心都涼了。——這不過是通俗的阿德勒加料。但或許因為沁宜媽媽對她隱藏太到位，沁宜變成只有遇到毛毛，才會想到自己乃是「不倫之後」。毛毛讓她覺得，自己還是被窺伺了。儘管她們之間充滿善意，從不說「小三」、「正宮」，而總是輕巧地飛過、掠過。但毛毛還是有莫名怨恨——如果自己對瑪查琳的小驕傲都有那麼大反應，毛毛對她會有什麼情緒，也都可以想像。

小朵跟沁宜聊到毛毛。沁宜道：「她是食人花。」「那豈不很可怕？」「這是從被食的人的觀點來說啊。食人花只是天生如此。」「為什麼不是食人族？」「食人族知道在做什麼，食人花不知道。」「她會對妳不好嗎？」「她不會對任何人不好——只是結果不會太好。」毛毛有點「慣性劈腿」——這是旁觀者的說法。用毛毛的話，則是「我的費洛蒙太強勢」。

第一次見面，毛毛就說起自己導致「這個戀人哭，那個戀人跳」的性格。沁宜沒太反感，或許因為毛毛既非深思熟慮，也很難說佔盡便宜——毛毛說也有人絕不理她。沁宜以為，不願放過情慾滋味的人，都有某種基本功，比如「不動聲色」或「謀定而後動」，像毛毛那樣本能不具煞車線，有個影集出現過，竟說是車禍腦袋撞壞。還有個醫學名稱。

有幾次毛毛找她出遊，毛毛都跟在場的人情慾牽扯不清，有些放浪形骸，都不知算不算在找現任碴——早知這樣，沁宜不會去。她們聊過毛毛最像兩人的外公，但沁宜覺得外公應該不只有表面的輕浮，還有別的。毛毛有時給她模仿秀的不真實感，模仿誰？也許外公還活在她們心靈的角落。每個角落都是真實的。

## 08

沁宜玩最大，是同時和父子。那時她都沒想起外公，是到撞車前一日，她才苦笑道：外公也沒那麼難超越嘛。她用了計，才避過最糟狀況。沁宜覺得從此她把外公遠遠拋在後頭了——這樣就好。再玩，下一站就要出家了。沁宜並不常想起這一章——她自詡有武德：悖德只是知識，不悖德又能情慾才是真本事。那對父子都傻得不像話，一次弄死兩個的誘惑，沁宜都能抗拒了。尋常撩撥，她不會想下水。

沁宜打毛毛手機前，擔心得絕症的，是毛毛親近的人，她也擔心毛毛。但沁宜馬上有種「狼來了」之感。絕症與絕症，還是有差異。表舅的經驗其實派不上用場，連病人與毛毛的關係都隔好幾層——毛毛根本很擾人。是那人個性太好，才沒制止。沁宜想了一下道：「生病還是要靠醫生。談談能有什麼幫助，大概是知道如何面對死亡。」毛毛又嚷嚷，無法接受對方會死。「毛毛，人都會死的。」他們又談了談，沁宜說，那她先跟表舅說，毛毛還沒打給他，等毛毛朋友真需要什麼，毛毛再把線牽起來。毛毛說好。沁宜就處理了一下，又回去忙。

稍晚，毛毛傳訊息來，說她打省吾表舅手機了。還附了熱情、興奮的話語。沁宜心裡打了一個突。她知道這不是厭煩毛毛去說，妳兩星期不打，以為妳有什麼為難，如果妳可以打，我先前就不用麻煩了——不是這種時候——也不是這種問題——沁宜像在夜間海灘，不憑視力，就感到遠處有猛浪襲來。最嚴重，也不過就是省吾表舅與毛毛生出小孩——這是有他們這種家族史的人，揮不去的陰影——但客觀上，不用擔這個心。沁宜抬了抬手臂，她很害怕她壓力一大，手臂又被凍結。她的手臂對她表示，暫時還沒有對她搞失蹤的意思。

毛毛訊息說，妳的表舅也是我的——毛毛說的沒錯。沁宜從沒想過阻攔毛毛與省吾表舅聯絡，但她家族觀念淡薄，如果不是因為看過太多醫學文章，說幸福感對絕症延命有幫助，扮老萊子哪裡是她擅長的。讀高中時，有回沁宜聽讀大學的C，講她的女性主義歷程。

C說，父親期望她承歡膝下，然性別意識告訴她：「同樣的時間，我難道不是該多認識文化人，對我的發展才有幫助？」當時沁宜覺得C有一對一錯。拓展人際是對的，錯的是——確實不能任父親宰割，但若說，時間不該花在無益的人身上，這種績效型女性主義，未免太淺薄。

然人間法則何其殘酷，後來只有C在文化界站穩位置。其他人「說一套，做一套」——說女性不該被照顧工作綁死，但真碰到障礙、經濟或老年弱勢的人，馬上比其他人都心軟投降。

當年如何意興風發的知識新秀，才照料誰幾年，腦力就被拖磨，不要說對抗社會不公，連基本的精明，都七零八落——母職還好，權利意識已抬頭。最慘的是，有人顧的人非親非故，連同性伴侶框架都不夠用……。我非C，但了解C，我忠於年少時的自己，但……。

不是的，她見省吾表舅，不純粹是面朝親緣——沁宜也有她的夢。夢想她能跟不那麼父權的男性相處，夢想她不是只有充滿成敗評分感的感情、工作與社交……。她跟表舅媽說，表舅是她這輩子看過，最溫和、最有主見又能包容的人。表舅媽也說，「對。」——光是他尊重我學歷比他高，生病後讓我養，他真不是一般男人。我有同事哪怕讀書或工作比丈夫稍好，都會被虐待。但表舅媽也說過什麼，是她不記得的。以前亞琪怎麼說？她說，人和物質都有化學變化——酒會變酸，是因為碰到別的物質。妳不能說，會變酸的酒不是酒，人也一樣。好像歌德還寫了一本書說這事。

在這時想，毛毛與表舅都支持核電與柯文哲，是妳不對。她在找藉口不去一週前跟表舅約好的見面。因為她的心靈受到衝擊。萬一她對省吾表舅說出「毛毛灌了你不少迷湯吧」——那就糟了。

## 09

記得是在新竹喔，有間小學校。小朋友早上上學時，發現樹下好多好像死去的小鳥。他們不知道發生了什麼事，但把一隻隻眼睛緊閉、不再飛翔，卻還熱騰騰的小鳥，撿了起來，送到醫護室。老師們研究了一下，原來是樹上的果子太熟了，變成酒精，小鳥們不知道，一吃就醉，紛紛落下，掉在草叢中。這是一篇地方新聞。還刊出了小鳥在醫護室桌上，呼呼大睡的照片。

沁宜看著眼前的省吾表舅，腦海卻浮出小鳥們一隻隻，躺在桌上的畫面，肚子朝上，小鳥給人感覺特別肥大、挺凸、堅實，彷彿酒精在鳥身中灌入的不是液體，而是水泥。如果撿一隻鳥朝窗戶扔，窗戶就會破碎，朝牆壁擲，牆壁會掉漆——丟給人，接到的人就像被槍枝後座震到般，全身都如虎口發疼。沒接到，則會毀容或失明。

儘管赴約前，沁宜就知道，她會目睹某些她未曾謀面的情狀，但還是沒想到，意象竟會那般極致、強烈、毫無遮蔽。那是一個快樂的、獸性的、被酒神佔有而不自知的身體。小鳥們一動也不動，但在醉夢中，牠們應該已經都到了從未到過的極樂世界。往昔，省吾表舅對她說起自己時，總是說及清苦、踏實、木頭娃娃般的宇宙，那裡有巴哈、小津和梵谷——但梵谷也有逢魔與割耳的日子——沁宜看到滴血的耳朵，但耳朵的主人看來並不覺疼痛，而是更像主人般地感到威儀、暢快，所向披靡。這是一個木頭滅跡後的新生物。究竟是誰身懷絕症呢？沁宜不禁懷疑。

可憐的孩子再會啦。黑臉的死神再會啦。那天思吾表舅一反常態，跟她說起的，都是他怎麼靠著做樂器與其他沁宜不懂的生意，日進斗金又斗金，「一個月就二十萬，那時的二十萬。很大吧？很大吧？」他說。他也曾紅塵滾滾，江海滔滔。

很可能，他以為她還是拿牛奶糖的小女孩，不知道沁宜雖從未親入淘金窟——但她屬於那種她們早都研究過，男人不酒而醉自覺帝王的法則，只是恰巧，她們並非個個以此立身。省吾表舅由於身世，不能走進職業性的花叢，再殺一次母親。但天可憐見，花叢的類物就考倒了他，驗明了他是會啄食會墜落的鳥——小聖人省吾表舅的神話，不過是個偶然。那是只有「睜一眼，閉一眼」才看得到的風景。

今天以後，這些都將不再存在。有的酒缸有兩張嘴，那被敲多一張嘴的，垂涎會出柙。猛虎與酒香，都屬無河道奔走。它們就像她的姐姐毛毛，總令鎖開開，城空空。因為毛毛並非天闔，卻是天不闔。省吾表舅在這刻，令沁宜了然於心卻也長日漫漫的越級亢奮、越級快活、越級豪情——那嚎啕大哭式的回春與酩酊，會持續，持續，漸弱——如果他是幸運之子。

人人無恙——除了心靈。沁宜從露天咖啡座走去買單。走小段路，讓她看到天空。入眼的是過潔濃白如巨鬼的雲層坐大迫近，天空都不黏好它們。它們沒有椅，就要從天上跌下來，又不跌。我是一個實實在在，被衝擊地，幾乎要昏倒在地的人。然而，從此以後，對於任何名字的絕症，名字響亮也好未知也罷，我都將不再低頭，沒有俯首。這個秋天——似乎沒人有過絕症。她想著：秋天沒有的絕症，四季也沒有。

（全文完）

# 一個記錄真實的提案

文・何玟珒

我看著眼前的女人下了車。幾分鐘前有一台計程車停在文學館的大門前，司機下車將輪椅從後車廂搬下，一名婦女攙扶另一位較年輕的女子下車。較年輕的那一位右腳裹著石膏，歷經一番困難後才坐上輪椅，被同伴推著往場館門口走。

她們在斜坡前遇到了點麻煩，輪椅的前輪卡在縫隙中，一時間動彈不得。我借她們停頓的機會看清了女子的臉，女子約莫四十歲出頭，長相清秀，一雙黑溜溜的眼睛清澈靈動，似是時時觀察著人間各種細微的異動。那是一張我再熟悉不過的臉。我的書架上有一系列的散文集的封面折口印有她微笑時的側臉。照片下方的排版空間會印上她的名字和個人簡介：紀思映。自三十歲以後就不再細數年紀。得過一些文學獎，出版散文集若干，作品散見報章雜誌。

我倒抽一口氣，心臟在胸腔中飛快地跳動。讀大學時系上辦過一場文學營，邀請紀思映來當講師，我還記得她那時站在台上授課的樣子，言詞謹慎緩慢，試圖把話說得周到且溫柔，給人一種「好好小姐」的印象。

然而日後讀她的文字，給我的感覺卻與初印象不同。談母女關係、親族血緣的文字看似溫婉，實則暗藏譏誚與鋒芒。讀她的散文時，我的腦中總會想起長頸鹿，溫和的皮相中藏有好鬥的因子，披著溫順的皮囊但腦袋上生有一對足以作為武器的皮骨角，能傷同類致死。

紀思映以作品自言她的母親掌控慾極強，藉由文字反思、梳理，她得以撐起自己的空間存活，而同性戀人的存在讓她於壓力之中尚有一處能喘息的空間。或許是我與紀思映的經歷類似，故對她的作品有諸多共鳴，我是她的忠實讀者，至今為止她出版的每一本書我都有買。

接觸到婦女求助的眼神，我這才想起自己身為場館工讀生應該要即時協助民眾，而不是沉浸在見到心儀作家的喜悅中。我幫忙她們脫困，好讓輪椅能順利通過斜坡進入館內。進館後，婦女左右張望了一會兒問我：「請問會議室在哪裡？我們是來簽合約的。」

「在二樓。要不要搭電梯呢？比較方便。」

我領著她們去搭電梯，電梯門關上的前一刻，紀思映露出微笑，輕輕頷首對我說謝謝。

「不客氣。」我說。我想她並不認得我，但我不在意。畢竟讀者萬千，她不可能每個人都記得。

回到值勤前台，我問前輩為什麼紀思映作家會來文學館？前輩說館內展務組最近在籌備一個女同志文學展，她大概是為了談作品內容授權事宜而來的。紀思映的忠實讀者都知道她有一名長她十歲的女友，她們交往多年，兩人長期為婚姻平權運動發聲，爭取同性伴侶的權益。她們是戀人、家人亦是戰友，紀思映的文字中時常出現她的身影。紀思映出道十餘年以來，每一部作品中所寫的「戀人」指的都是同一個人。

「喔……原來是這樣。那展覽什麼時候開始啊？」

「還久的咧！大概要半年後才會開展吧！」前輩笑著說：「不知道妳那時候升上正職了沒？」

「哪有那麼容易啊！那也要有館內有缺才行啊！」我無奈地攤了攤手：「我從在學期間就在這裡打工了，現在我都畢業快一年了，館裡的位置也沒有空出來啊！就算有空缺，也是考過公務員考試的人比較容易面試上吧！」

「那妳也去考個公務員啊！」

「不要。那不適合我啦！音像所是要考什麼公職啦！」

「那記者呢？妳能寫又能拍，應該很適合吧？」

「我也沒有很想當記者。太操勞了。」我擺了擺手結束這個話題：「對了。姐妳要不要喝飲料啊？」

「妳要去買嗎？文學館後面那一家？」

「嗯！有點想喝泡沫紅茶，既然要買就連大家的份都一起買。」

「好啊！那我在工作群組問大家，就麻煩妳跑腿了。」

「沒問題。」

三十分鐘後我帶著買好的飲料回到文學館，塑膠提袋中有一杯美式咖啡混在一堆茶飲裡。

「咦？妳還跑去比較遠的咖啡館喔？難怪回來得這麼晚。我還以為妳怎麼了。」前輩說：「好啦！我拿過去分給大家，前台妳顧喔！」

「沒問題！」我點點頭，故作漫不經心地問：「對了，紀老師她們走了嗎？」

「沒看到耶！應該還在樓上吧？問這個做什麼？」

「隨口問問而已。」我答。

聽見前輩的回答，我心下稍安。美式咖啡是買給紀思映的。我記得她在散文中曾寫過她嗜飲手工磨豆的美式咖啡。

我在前台等了一會兒，正猶豫要不要乾脆喝掉那杯咖啡時，電梯門緩緩開啟，婦女推著紀思映的輪椅走出電梯。兩人沒有往大門口走，反而轉了個方向朝常設展區走去。我想了想，下定決心捧起我特意買的咖啡及我未飲用的紅茶追了過去，出聲叫住了她們。

「有什麼事嗎？」婦女轉頭看向我。

我這時才有空好好端詳眼前的人，女人留著一頭俐落短髮，鬢髮班白，上挑的眼尾牽著細紋，凌厲好強的眼神中帶著些許倦意。女人畫了淡妝，但饒是如此仍無法遮掩上了年紀的疲態，雙頰的皮膚與肌肉略為鬆弛，因鬆軟而顯得有些浮胖。從外表推敲年紀和身分，我猜想此人應是紀思映的母親。

「兩位好。那個，這是請妳們的咖啡跟紅茶。咖啡是紀老師的。」

婦女垂眼看了咖啡一眼，卻沒伸手來接。

「思映不喝黑咖啡。」她說。

聽見這句話，我更加確定眼前的人是紀思映的母親。紀思映在自己的書中曾提過她和戀人會一起去咖啡廳巡禮的小小嗜好。若這個人是她的戀人，她不可能不知道紀思映嗜飲咖啡。

「她會喝，而且她很喜歡。她在書裡有寫。」話語脫口而出，我不自覺地反駁了她。

聞語，對方頗有深意地上下打量我：「妳是她的讀者？」

「我……對……。」我被看得有些羞窘，雙手握緊紙杯。

「妳把她書裡的內容記得可真熟，看來是她的粉絲。」婦女輕哼了一聲：「還是學生嗎？讀什麼科系？文學院嗎？」
「我畢業了。讀影像相關的研究所。」
「影像？以後想拍電影嗎？想當導演？攝影師？」
「我想拍紀錄片。但現在還沒有機會。」
「妳還年輕，以後會有機會的。說不定下次思映需要找人拍宣傳片的時候就會找妳了。」她伸手接過兩杯飲料：「這杯咖啡我就先收下了。謝謝妳的咖啡。」
輪椅上的紀思映面對展板，我不確定她是在閱讀上面的文字還是在發呆。直到聽見婦女道謝，她的注意力才終於轉到我們身上，順著婦女的話向我道謝：「謝謝。」
「不客氣。一點小心意而已。」
「對了，我們要回去了，這邊能幫我們叫計程車嗎？」

「沒問題。稍等一下。」

我替她們母女倆叫了計程車，帶計程車來之後與幫忙她母親將行動不便的紀思映搬上車。過程中我嗅到一股淡淡的尿騷味，我忍不住皺起眉頭，見紀思映神色如常，而她母親則面露難堪。

「謝謝妳。那我們走了。謝謝妳的飲料。」她母親速速說完，逃跑似地鑽入車裡，重重關上車門。

直至計程車駛離，我這才想起自己忘了跟紀思映要簽名。不過我又想到自己手邊並沒有她的書，請作家簽在白紙上對她未免有點不好意思。不知道紀思映的母親有沒有讀過她寫的書？授權字句內容的時候會讀到作品的全文嗎？如果她母親知道自己在女兒的筆下被呈現得如此不堪，她會有何感想？

我沒有辦法想像自己能如紀思映那樣寫親族，倒不是因為對親生父母仍懷愛意而留有餘地，只是單純沒有如她那樣精湛細膩的文筆而已。我能做到的只有在社群網站上貼文抱怨父母，與同溫層好友們抱團取暖。喔，對了，為了避免麻煩，那則貼文還要封鎖包含父母在內的所有親戚。我對此並不感到抱歉，反正他們也時常向其他親友說我的壞話、洩露我的隱私。父母與孩子是彼此的日常談資，話題換話題，公平交易。誰都沒有對不起誰。

我曾在校園文學獎裡寫過母親，下筆之初仍有猶豫，但那點猶豫敵不過我自身想傾訴的委屈，所以我還是寫下一篇文章，細數母親的教養對我造成的陰影。那些教育的方法在母親那一輩人眼中是完全無誤的，卻對我打下了莫大陰影。文章得了佳作，母親讀了文章後責備我，說外人讀了那文章會對她產生不良的印象，接著轉頭向她的親朋好友埋怨她生了個不知感恩、不懂惜福的女兒。

那一陣子，親戚們一見到我就會七嘴八舌地勸我要諒解母親的苦心。被碎念轟炸的我看見母親在一眾親戚身後偷笑。我想應該沒有任何讀過我文章的讀者會當著母親的面說她的不是。我的書寫毫無勝算，我知道文學不是亦不能成為懲惡論責的工具。後來我就不寫了。

「留真，妳那個在文學館的打工什麼時候會結束？妳也該找正職工作了吧？妳都畢業多久了？」

下班回來就聽到母親的碎碎念，我忍不住偷偷翻了個白眼。

「媽，我才剛打工回來，很累。妳能不能不要念了？很煩欸！我的事情我自己會看著辦。」

「看著辦？」母親拉高了音調：「放著妳不管，妳有做出什麼成績嗎？妳那個工讀排班每個月能賺多少？現在在家裡還不是靠我養妳！我都一把年紀了還要養妳這個媽寶嗎？」

見我不答話，母親說得更起勁了：「就跟妳說不要念什麼音像所，出來會找不到工作。妳就不聽！妳以為妳很有才華啊？隨隨便便就能當大導演嗎？」

「我今天有談到一個工作機會了啦！」我不耐地回話。雖然紀思映的母親沒有準確地跟我說是什麼時候會給我工作。

「什麼時候？是誰？哪種案子？在哪裡拍？報酬多少錢？」

「我……。」

「答不出來了齁！謝留真！妳膽子變大了嘛！嫌我煩就算了，現在還敢騙我了是不是？」母親雙手叉腰瞪著我：「我告訴妳，我已經跟妳阿姨談好了，妳下個禮拜開始去她的作文補習班當老師，在她那邊上班固定領薪水我才安心。」

「我不要！妳不要擅自決定！」

「為什麼不要？條件很好啊！我還幫妳找妳會喜歡的工作欸！妳大學的時候不是經常在寫些有的沒的嗎？」

「作文跟散文又不一樣。而且我現在又沒有在寫東西。我的事情妳不要再管了啦！」

我躲回房間，關上門把自己重重摔到床上。心頭煩躁，我點開臉書試圖轉移注意力。指尖滑著一則則貼文，我看見先前追蹤的紀思映帳號發布了一則新貼文。貼文的附圖是我請她的咖啡，文學館在後方退為布景。貼文內容相當簡短，寫著今天發生的事情，文末感謝了一位不具名的場館員工。我知道那指的是我。能被寫進作家的貼文裡，我的心中有些雀躍。

紀思映的貼文文字風格和她的正式出版品有些不同。她的散文多寫長句，連綿幻美，偶有森然鬼氣，聚焦於日常細瑣當中，不時穿插象徵和隱喻。相較之下，她的社群貼文則顯得簡明俐落許多，不刻意雕琢的日常紀錄，像是定時浮出人群與資訊海洋，探頭跟諸位讀者、工作夥伴、親戚與敵友說聲「我還活著，莫驚莫擾」。我在貼文底下點個讚，因貼文內容而覺得與作家產生了些許的聯繫，我為此感到雀躍。我想我今天能做個好夢。

半年的時間轉眼而過。後來我沒有去阿姨的作文補習班當老師，繼續在文學館打工。母親得知我的決定氣得半死，但她也拿我沒辦法。

女同志文學展順利開展，在小小的展館有無數白色細長布條懸掛其中。遠看時我以為是繃帶，近看才知道那些全是蕾絲。展覽的主視覺以蕾絲為重要元素，唯美浪漫卻也有點老套。

樣式各異的蕾絲柔軟地垂懸於天花板和牆面，軌道燈光灑落穿過織紋繁複，在淡粉色的牆上印下光與影。各文本以翻開的樣子陳列於玻璃箱中，展板上印著同志運動的時間線和文學簡史。從作品中節錄的語句搭配作家的照片被製成書籤，當作參展禮無償贈送給到館看展的人。我拿了一張紀思映的書籤，心態近似追星族。

開展的當天，館方請來作家們參加開幕典禮，紀思映在邀請名單內，那一天我沒有排班，在主管的同意下，我拖著一行李箱她的書參加開幕典禮，想找機會讓紀思映簽名。我在會場中沒看到紀思映，只看到她的母親坐在舞台下觀禮。

台上的主持人笑臉盈盈地說：「讓我們歡迎參展的作家紀思映上台來跟我們說幾句話。」

出乎我意料地，我原以為是紀思映母親的婦女從位子上站起來，優雅地走到台上，接過麥克風說：「思映今天身體不適，由身為她伴侶的我代為出席。她請我向各位轉達……。」

後來她說的話我沒能細聽，我整個人處於震驚狀態。我記得女作家的同性伴侶只跟她差了十歲，為什麼眼前的女人看上去像是跟紀思映差了一輩？比她實際的年齡蒼老了不少且滿是倦容呢？

典禮結束後，女人和我對上視線，她像是認出了我，穿過人群向我走來。

「又見面了。謝謝妳上次的飲料。」

「妳們喜歡就好。」我絞盡腦汁在想聊天的話題：「看過展覽了嗎？覺得怎麼樣？」

「還好思映陳列在展覽中的作品佔比不多，不然我想我會很尷尬。她曾說過要為我寫一本書，現在想想，還好她沒有真的這麼做。」

「可是老師的書裡很常寫到妳。」

「那不一樣。在她的作品裡我只是配角，不是主角。這跟以我為主角寫一本書是不一樣的。」

「說不定未來老師真的會為妳寫一本書。」

「不會的。」女人笑著搖頭，很篤定那樣的文集不會問世的樣子，看了一眼我的行李箱，問我：「妳要去旅行嗎？」

「不是……這些是我想拿給紀老師簽名的書。」

「真可惜，她今天沒有來。對了，我問過妳的名字嗎？」

「我叫謝留真。」

「喔。」女人的眼中似是閃爍著微光：「這真是個好名字。」

「那個，紀老師她……。」

「我記得妳是拍影片的吧？妳要不要親自去拜訪她，把書拿給她簽？」

「嗯？可以嗎？這樣會不會太唐突了？不會冒犯到老師嗎？」

「這些問題應該是我問妳才對。」她將下滑的皮包背帶拉起，漫不經心地問：「妳今天什麼時候下班？要現在去嗎？」

「我今天沒有上班，隨時都可以去！」

「那我們走吧。希望妳不會嚇到。」

「什麼意思？」

女人沒答話，扭頭走出展館。她今天是開車來的，她招呼我坐進車裡，而後發動引擎朝目的地開去。

「妳喜歡她的書，那妳自己有在寫作嗎？」

「以前有。但現在不寫了。」

「為什麼？」

「有一種……文字無法反映真實的感覺，我寫下來的東西都帶著一層名為『我』的濾鏡，可是我覺得那樣對我所寫下的人事物不太公平。

我想客觀一點，所以後來改拍紀錄片。想說鏡頭拍下來的東西應該比較真實吧！」

「那樣有比較符合妳心中的創作嗎？」

「嗯……好像也沒有。現在連影片都能用AI做假的了。」我聳聳肩，「不過，就算是拍紀錄片，成品跟真實還是有些距離就是了。」

「妳為什麼喜歡思映的書？」

「因為她的文字我讀起來很有共鳴，而且她的文字很漂亮，著眼處也很特別。我很期待她下個月要出版的新書！」我嘆了口氣：「要是我也跟她一樣那麼有才華就好了。」

「沒有天賦不是件壞事。只依靠才華或真實過活是一件很可怕的事，沒有旁人想得那麼好。」女人笑了起來，「聽起來妳不適合當創作者，創作者可是既自私又狡猾的。」

「喔……。」

我一楞，不知道該說些什麼。某個層面的自己被揭開，讓我感到難堪又有些生氣。她是懷著什麼心情說出這些話的呢？就在此時，我的餘光從車窗中瞥見街旁的連鎖咖啡店招牌。

「我去見老師是不是應該買些伴手禮啊？咖啡之類的。」

「不必。我想妳能去看她，她就很開心了。」她打著方向燈左轉：「我們快到了，拐過下一個彎就是了。」

時間在閒聊與偶爾的尷尬中流逝，她把車停進社區停車場，領著我往她們的住宅走。行李箱的輪子「叩嘍叩嘍」地滾動著，因路上碎石而顛動的箱體像極我此刻雀躍的心。我們走到一棟老公寓前，女人伸手推開眼前沉重的大紅鐵門。我心儀的作家就在門後。

「進來吧！」她說。

一走進屋裡，一陣刺鼻的瓦斯味襲向鼻腔，入目所及是一片凌亂的景象，抽屜被人拉開，雜物、紙條四散，椅子和立燈被掀翻在地，燈泡碎片落在白色地毯上，地毯布面沾染些許血跡。

「這是怎樣？遭小偷嗎？」我愣在原地。

與不知所措的我相反，女人迅速打開了窗戶通風，又跑進廚房將瓦斯爐關上，而後走進廊道盡頭的房間裡，低聲安撫著某人。我按捺不住好奇心，將行李箱置於門口，跟在她身後追了過去。

我在書房中看見蜷縮在角落中哭泣的紀思映，已過中年的女作家像個孩子那般哭泣著，噙著淚的大眼睛滿是茫然無措。媽媽不見了，這裡是哪裡？她說。我要找媽媽。

「思映，我不是說我不在家的時候妳不能用廚房嗎？妳怎麼這麼不乖？」女人說。

「我媽媽呢？」

「我們去年才剛參加完她的葬禮，妳忘記了嗎？」

「妳是誰？」紀思映哽咽地問著。

「我是……」女人的臉上閃過猶疑且哀傷的神色，「我是負責照顧妳的人。妳又不記得我了對不對？」

紀思映沒有答話，戒備地盯著女人和站在她身後的我。女人像是習慣了這情況，熟練地找出醫藥箱為伴侶處理傷口。

「妳又傷到腳了，我幫妳貼ＯＫ繃。等一下妳去吃藥，睡完覺起來之後我再帶妳去找媽媽。好不好？」

「好。」

紀思映吞下藥，被女人哄著入睡。紀思映爬上床鋪的時候，我意外看見她的睡裙下包著成人紙尿褲。

「妳看見了吧？她現在可喝不了黑咖啡。」安撫好紀思映，女人無奈地對我笑了笑：「你們這些讀者比現在的她自己還要更了解她。」

女人環顧屋中凌亂，深深嘆了口氣：「妳隨便找個地方坐吧！」

她忙裡忙外地整理家中環境，沒空搭理我，整個過程中我都處於巨大的衝擊中，不知道該做何反應。口袋中的手機傳出通知響聲，是紀思映的臉書貼文更新訊息，貼文的內容是今天展覽開幕的會場照片。

本應發文的女作家本人仍躺在床上，我看著女人把拿在手上的手機放回皮包裡。在那瞬間，我明白了一切。

「妳用老師的名義在社群媒體上發文？」

「不然呢？她現在那樣還能做什麼？總得跟讀者互動、報平安呀！」

女人聳了聳肩：「我以為忠實讀者能更早發現不對勁。她的臉書用字跟出版品的風格差很多吧？我寫得很短，是怕寫太長會露出馬腳。」

「妳這樣子是在欺騙讀者……等等，老師這個樣子，她的新書是怎麼來的？難道都是妳寫的？」

「之前思映的狀況時好時壞，她狀態好的時候會寫下一些句子，有時她寫完就忘了。我會把它們蒐集起來，排列、調整和添補，組織成新的文章。」女人以一種理所當然的神態說著：「我是這個世界上最了解她的人，由我來排列組合，難道不是最妥當的嗎？」

「就算妳是她的伴侶，妳也不能代她發言吧？妳是一個人，不是老師的筆啊！」

「我知道她想表達的。」女人堅持。

「妳又不是她！」

「不然我該怎麼辦？如果思映不繼續生產些東西出來印成書販賣，光靠我的薪水根本養不起我們兩個。我們可沒有後代奉養。」女人瞪著我：「我不是文學圈的人，我才不管什麼『寫作倫理』和『文學道德』，我只在乎要怎麼樣才能讓我們兩個能過安穩的老後生活。」

我驀地想起一張在展場內展示的照片，那照片應該是從過往的報紙上轉印下來的。照片中那場距今二十年前的遊行裡，女作家和伴侶站在宣傳卡車上，一手拿著彩虹旗，另一手則與伴侶緊緊相牽。她們交握的手置於車頭頂，被當時的相機捕捉到那宛若承諾的一幕。

啞口無言，我費了一番時間與力氣才重新找回自己的聲音：「事情什麼時候變成這個樣子的？」

「當思映打開筆電，枯坐在電腦前好幾個小時，最後哭著對我說她不記得要怎麼使用WORD的時候，我就知道大事不妙了。」

尚未等我問出紀思映生了什麼病，女人率先猜到我心中所想，自顧自地把話說了下去。

「思映被診斷出罹患了早發性阿茲海默症，情況惡化得很快。去年她媽媽往生後，我幾乎找不到人幫我，思映也不想讓別人看到她丟臉的樣子。」女人垂下眼，自嘲地說著：「我的年紀比她大，我還以為未來會是她照顧我。想不到情況正相反。我有時會想，思映會這樣，說不定是老天爺在報應暗中打如意算盤的我。」

「就算是這樣，妳們也不應該說謊啊！這樣做怎麼對得起喜歡紀老師作品的讀者？只要妳們好好說明，我相信讀者們一定會諒解的！」

「妳能保證知道實情後讀者不會流失嗎？現在妳知道真相了，妳還能一如既往地閱讀思映——和我一起創作出來——的書嗎？我的存在一點都不重要，她的讀者自會從書裡找到他們自己想看的東西。」

「我、我就不會因此而不讀老師的作品啊！」

「真的？」女人輕笑，一眼看穿我的心虛：「又不是每個人都像妳一樣。或許總有一天，思映得靠著他人的憐憫來販售作品，但我和她都認為現在還不是時候。」

「妳把我帶來這裡，難道不怕我揭穿事情的真相嗎？」

「妳會嗎？只要妳不說、我不說。躲在文字後面的思映不會被發現的。自從發病以來，她就很少出席公開活動，連新書發表會都不辦了。我跟她都害怕意外狀況。」她聳了聳肩，語帶慶幸地說：「幸好，作家這一行，是只要讓作品現身於大眾面前，自己藏匿於其後也無所謂的職業。」

女人一邊絮絮叨叨地說著她自己一個人照顧紀思映有多困難，一邊拾起散落於桌面、地板上的小紙條。我猜想那些紙條上記錄了紀思映偶發的靈光。我的腦中浮現出一個畫面，女人將零碎紙片貼在一張空白稿紙上，未被填補的小方格她便填上自己的文字，而那當中有多少是出於紀思映本人的手筆呢？

「那妳找我來做什麼？為什麼要讓我知道實情？」

「我本來是想隱瞞到最後的，但是思映不願意。」女人並不責怪我打斷她的話，平心靜氣地回覆我：「這是思映的想法。她的病情越來越糟，剩下的日子不多了，她不希望直到生命盡頭都還在對其他人說謊。她想要找人來記錄她最後的日子，將自己這幾年的情形透過影像在她死後公開。我自己做不到，所以才要找人來做。就在這個時候，我遇到了妳。」

「如果我拒絕呢？」

「我不明白妳為什麼要拒絕？我會支付妳應有的報酬。」她偏頭看向我，似乎覺得我會有拒絕的念頭是一件奇怪的事情。

「妳可以賺到一筆錢，妳要用文學紀錄片的名目去拿補助，我也沒有意見。身為讀者，在作家最後的時間裡能和她產生緊密的互動，甚至能以她的生命故事作為妳的作品，妳難道不動心嗎？」

「我……。」

話語未完，書堆塌落的聲音先吸引了我和女人的注意力。聞聲望去，紀思映趿著拖鞋，站在倒落的書堆之後，一副不知所措的樣子。看起來是睡醒後意外碰倒了書架上無處可放，隨意置放於地的書本。

「對不起……。」她一邊說一邊蹲下身撿起散落的書本。

「思映，妳起床了？別忙了，我等等再收拾。」女人朝她招了招手，「來這邊坐吧！我們有客人喔！她是妳的書迷，專程拿妳的書來要給妳簽名。」

「我的書迷？」

「留真，妳的書呢？快拿出來吧！」女人遞了一支筆給紀思映：「來，幫她簽名吧！」

我不確定女人此舉是不是想安撫紀思映，亦不確定作者此時是否有認知到這些書曾脫胎於她。我將她的作品從行李箱中拿出來，看著她提筆在書的扉頁上簽下自己的名字。她的手指肌肉不甚靈活的樣子，筆尖顫抖，在紙上簽下歪七扭八的三個字。

「妳是送我咖啡的人嗎？」紀思映冷不防地問我。

「妳記得嗎？」

「她有告訴我。」紀思映停下筆，皺著眉看我：「但我不喜歡咖啡，它太苦了。」

我知道作品有時是作家的斷代史，需由一本本書積累才得以稍稍洞悉創作者的生命史，每一部作品凝結某個時期的寫作者樣態。而我不確定眼前的紀思映體內是否還留存著某部份過去我所鍾愛的寫作者？

我實在無法將此刻的她與多年前在講座中說著「我只會寫作，除此之外一無是處」的女作家形象連繫在一起。

紀思映簽了一、兩本書，很快就覺得厭煩了，她似乎把簽名這件事當作一種習字作業，鬧起脾氣不想繼續簽下去。我才沒有寫過這麼多書。她說。

「妳有。只是妳忘記了。」

我拿她沒有辦法，只得把一本本散文再度收進行李箱中。

「她就是這樣，老小孩一個。」女人無奈地笑著：「抱歉。妳這麼辛苦把她的書都帶過來，她卻這樣子。」

「照顧病人不辛苦嗎？妳沒想過放棄嗎？」

驚覺問句失禮，想要把話語吞回肚子裡已是沒辦法的事情。幸好女人看上去沒有責怪之意，她的反應出乎我預料地坦然。

「想過。但我沒有辦法拋下她不管。對不起她是其次，主要是我不想對不起當年的我自己。」

女人看似無心地把手按在旁邊的茶几上，玻璃茶几桌面下壓著一張剪報，恰是那張印有女作家和她參與遊行照片的舊報紙。

「我該走了。」

「我送妳去門口。我的提議妳好好考慮，想好了儘管聯繫我。」她遞給我一張寫有電話號碼的便條紙：「如果妳願意的話，直接上門來找我也可以。反正妳已經知道我們住在哪裡了。」

我接過便條紙將之塞進口袋裡，拖著行李箱走到鐵門前，臨走前我回頭問了她一件事。

「我可以問妳最後一個問題嗎？妳從事什麼職業呢？」

「我？」女人挑了挑眉，對我的問題感到很訝異的樣子：「我以前是一名小劇場導演，但早就不做了，現在是一名傳記寫手。」

我隻身一人拖著行李箱搭公車回家，路途中曾想過要不要取消追蹤紀思映，但後來仍作罷。既然已知道實情，糾結於在網路上發文的人是否為本人好像就顯得沒那麼重要了。

一回到房間裡，我從房間角落翻出塵封已久的攝影器材，器材袋子上覆了薄薄一層灰，裡頭的相機跟鏡頭倒是沒什麼大礙。我一邊替久未使用的器材充電，一邊把玩著相機、查看裡頭的記憶體內存，記憶卡中一個檔案都沒有，一片空白。我完全想不起來上次用相機是什麼時候的事情。

我打開臉書，把今日所見所感記錄於貼文裡，將權限設為只有自己能看到。反正我人微言輕，將紀老師生病的事情說出去也沒有人會相信，說不定我還會被其他紀老師的粉絲攻擊。

仔細考慮著女人的提案，如果事情順利的話，這會是我作為紀錄片工作者的第一份案子。整個提議的癥結點在於我能否跨過「我該不該拍？」、「這能不能拍？」之類的自我拷問。

這樣子的心情讓我回想起大學時唯一一次參加文學獎的經驗，在寫提筆寫下我和母親的相處時，我也曾這樣子反覆猶豫過。那最後我為什麼仍動筆寫下那篇文章呢？

在我眼中，散文和紀錄片是有點類似的敘事形式，相似點不在於他們力求「真實」，而是散文或紀錄片的創作者，他們作為某個事件、某個經驗或某個祕密的第一見證人，比起新聞記者來說，更自由地被賦予詮釋和再現的權力。原來，我才不在乎客觀事實、平衡報導，我只在乎在事實面前我是否能有重述的權能及自由。別人怎麼想、怎麼反駁，那都是未來的事情了。

我當初停筆不寫，或許只是在跟母親鬧彆扭，因為她的聲音在親朋好友間，比我大聲多了。

女人說的話是對的。創作者既自私又狡猾。若我拿起相機拍攝紀老師和女人，我是否也會變成那樣的人呢？變成她們作品裡的一部份？

她們以己身為素材，換取另一名創作者進入她們的創作裡。就算我不答應，她們遲早會找到下一個願意進入作品中拍攝她們的人。我會甘心將這次難得的機會拱手讓人嗎？

我的內心深處早已有答案。我想要的比我以為的還要多。

翌日，我回到大紅鐵門前，伸手敲開了那一扇沉重的門。

（全文完）

30
美ら

# 有家歸不得

文・木下諄一

譯・李彥樺

聽著傳向遠方的橐橐鞋聲，我抱著疑惑的心情，站在出境大廳的乾燥空氣中。

眼前按照號碼順序排列著航空公司櫃檯，但大多數櫃檯都是關閉的狀態。我要搭乘的那班飛機的航空公司，也只開了一個櫃位。沒有排隊等候的乘客，眼前卻有著為了區隔隊伍而等間隔排列的鐵棒。

「您的托運行李只有這些嗎？」

航空公司職員的說話口氣，我這輩子已經聽過不知多少次，今天這是最友善的一次。

「沒有其他乘客呢。」

「是啊，畢竟受了新冠疫情影響。」

「我可以隨便挑座位嗎？」

「當然可以。」

我感覺自己彷彿成了ＶＩＰ，把整架飛機包了下來。
放眼望去，一個人也沒有。
櫃檯裡頭除了與我對話的女職員之外，還有另外一名職員。出國閘門的附近，站著幾名身穿藍色制服的機場保全人員，除此之外整個出境大廳一片空空蕩蕩。我記憶中的那些拖著行李箱走來走去的乘客，以及一大群擠在航空公司櫃檯前的團體旅客，都不知消失到哪個世界去了。

• • •

我在十年前來到臺灣。在那之前，我一直住在東京，在日式料理餐廳裡當廚師，過著與臺灣毫無瓜葛的生活。發生在二〇一一年三月的那場日本東北大地震，成為我來到臺灣的契機。
當時我得知臺灣向災區捐了很多錢，心裡感到非常不可思議。

——為什麼臺灣會捐這麼多錢給日本？

因為這件事，我開始對臺灣這個鄰近日本的小小島嶼產生了興趣。連我自己也沒料到，後來我竟然搭機來到臺灣，在臺北找了一份廚師的工作。現在我甚至自己開店，當起了老闆。

我還記得當年出發來到臺灣之前，我與父親的那段對話。

我父親是典型的昭和年代[1]鄉下人，思想相當保守。所以當他聽到我說想要去臺灣工作時，雖然他的嘴上沒有明說，但表情充滿了不以為然。

「將來還會回日本嗎？」

「現在我怎麼會知道？我連去都還沒去呢。」

1 譯註：昭和年代為一九二六年至一九八九年。對現代日本人來說，「昭和」一詞帶有過時、落伍的意思。

「但你媽媽她……唉，算了。畢竟是你的人生。何況還有惠美在，真的有什麼狀況，也不會找不到人。」

惠美是小我兩歲的妹妹。父親並不擔心自己老後的問題，卻一直很希望我能照顧老後的母親。我突然決定要去臺灣，他的算盤完全被打亂了。我想他的心裡應該很不安，不知道該如何安排未來的事情。但是他也很清楚沒有辦法改變我的決定。

最後父親只對我說了一句「過年要回來」。

這是我父親對我說出口的唯一要求，唯一條件，與唯一的期盼。

• • •

二〇二〇年三月十九日，臺灣關上了對外的大門。

從這一天起，外國人沒有辦法再進入臺灣。我算是比較幸運，因為我已經拿到了臺灣的永久居留證。就算我因為什麼緣故而非得回日本一趟不可，也能夠重新入境臺灣。然而隔離卻成了一大問題。進入日本之前，必須隔離兩個星期；回到臺灣之後，又必須隔離兩個星期。加起來整整一個月的隔離時間，已足以讓我打消回日本的念頭。

其實打從今年年初，就已經有了徵兆。

爆發於武漢的傳染病迅速蔓延擴散，如果沒有建立起滴水不漏的隔絕機制，臺灣遲早也會陷入大規模感染的風暴之中。如今政府雖然聲稱國內沒有感染病例，但整個臺灣早已陷入了人心惶惶的狀態。

我還記得有一天，我和朋友在餐廳吃飯。我們使用日語交談，隔壁桌的客人突然瞪了我們一眼，還發出明顯的咂嘴聲。我過去從來不曾遇過這麼不友善的臺灣人，不禁有些摸不著頭緒。仔細一想，原來是因為我們使用日語說話。那客人的咂嘴聲，隱含著憤怒、警戒及濃濃的警告意味：你們這些外國人，可別把病毒帶進來了。這件事情讓我明顯感受到，這個時期的臺灣人，對外國人變得越來越不友善了。

就在同一天，我坐在公車裡，打算要回家。我突然感覺到所有的乘客都對我投以冰冷的視線。我不禁感到相當疑惑，因為我並沒有說日語，不明白為什麼全車的人都對我抱持敵意。仔細一想，多半是因為我沒戴口罩的關係吧。當時政府還沒有規定出門一定要戴口罩，但我明顯感受到來自周圍的無聲壓力。在公車上的那短短時間裡，我一顆心忐忑不安。假如我不小心稍微咳了一聲，肯定會被當成全車公敵。

整座城市的氣氛變得非常詭異。不管是在交通工具裡，在商店裡，還是走在路上，每個人都非常在意自己與他人的距離。

不久之後，新冠肺炎就爆發了世界性的大流行。中國的慘況當然不用提，就連美國、歐洲各國及日本，也開始每天公布感染人數及死亡人數，而且每個國家的數字都多得令人難以置信。YouTube上頭每天都可看見某某城市封城，或是某某公眾人物因感染肺炎而死亡的消息。

在這樣的世界局勢之下，臺灣的政府以最快的速度宣布禁止外國人入境，獲得了許多臺灣人的讚賞。

臺灣能夠迅速做出這樣的判斷，是因為臺灣人有著相當高的防疫意識。而這樣的防疫意識，來自於一段只有臺灣人才知道的苦澀回憶。

十七年前的SARS，讓臺灣人吃足了苦頭。對於這種可怕的傳染病，當時的臺灣人並不具備相關的知識及經驗，更別提防疫所需物資及控制大局的指揮系統。就連醫療機關裡的醫護人員，也陷入人力不足的困境。在那段時期，社會上流傳著各式各樣的謠言。通報件數異常增加，造成了相關單位的混亂。電視每天都在公布死亡人數，WHO卻只是袖手旁觀。

以結果來看，那場疫情讓臺灣蒙受了相當大的打擊。

然而正因為有了當年的經驗，臺灣人具備了強烈的危機意識，而這樣的危機意識轉化成了防疫意識。簡直就像是全臺灣兩千三百萬人手牽著手，組織起了一面防疫之網。每個臺灣人都很清楚，這面網子一旦出現破口，整個臺灣就會陷入萬劫不復的深淵之中。

每個星期，我都會與住在日本的父母通一次電話。其實也沒什麼一定要聯絡的重要事情，只是聊聊最近生活上的瑣事，最後說上一句：「我這邊完全沒事，你們那邊呢？」

剛來到臺灣的時候，我並沒有這樣的習慣。但自從父親退休之後，我就開始提醒自己要多打電話回家。每到星期日的中午，臺灣時間的十二點，也就是日本人剛吃完午餐的下午一點，我就會按下LINE的通話圖鍵。

• • •

「今年我可能沒辦法回去了。」

接近年底的時候，我這麼告訴父親。其實打從數個月前，我就已經有這樣的預感，但這是我第一次明確說出口。

要說出這句話，著實需要一點勇氣。因為當初來到臺灣之前，父親對我說的那句「過年要回來」，多年來一直烙印在我的心中。每年到了年底的時候，不管我在臺灣有多麼忙碌，我一定會排除萬難回日本過年。我還記得有一次，我真的買不到一般座位的機票，但我還是說不出「沒辦法回去」這句話，最後我只好忍痛買了頭等艙的機票。雖然花大錢讓我感到相當心痛，但是當我回到家中看見父親的笑容時，我忽然覺得這筆錢花得非常值得。我知道父親每一年都在期待著與我團聚的日子。

因此這次我說出沒有辦法回日本過年時，一顆心可說是七上八下。沒想到父親的反應相當平淡，出乎我的意料之外。

「沒關係，現在這種非常時期，你要是勉強回來，難保不會出意外。你知道嗎？就連我們這種鄉下地方，這個月也已經有五個人感染了。」

「爸爸，你們一定要多加小心。尤其是媽媽原本就有慢性病。聽說有慢性病的人，感染了之後會特別嚴重。」

「你放心，除非逼不得已，否則我們絕對不會踏出家門一步。」

這一年，日本開始流行「三密」[2]這句話，到處都在宣導著「沒事千萬不要出門」。

我的父親是一個典型的日本人。雖然每年家人團聚是他最期待的事情，但在這種全國人民都在咬牙苦撐的節骨眼，他絕不允許自己做出破壞全體共識的舉動。

我來到臺灣，今年已經第十年了。這是我第一次在日本以外的地方，度過沒有家人陪伴的新年。

公曆的新年臺灣人幾乎什麼也不做。唯一的盛大活動，大概就只有十二月三十一日的晚上，臺北一〇一會釋放慶祝新年的煙火。

因此日本可說是早一步迎接了新年的到來。

元旦的清晨，父親用LINE寄了一則訊息給我，裡頭寫著：「新年快樂。雖然是相當辛苦的一年，大家還是要過得快快樂樂！」上頭還附了一張照片，拍的是老家的院門，門上掛著太陽旗，我的父母站在門邊。我看了照片，才回想起來，這是我父親每年必定會做的儀式。

除了掛太陽旗之外，還有另外一件我父親每年必做的事情，那就是

2 譯註：「三密」是日本政府推行的防疫標語，意思是「密閉、密集、密接（緊密接觸）的場合都要盡量避開」。

吃御節料理[3]。御節料理是日本自古流傳下來的正月料理，我家每年到了年底，都會全家出動，花上一整天的時間製作這些料理。主要的掌廚者是我的母親。我雖然是專業的廚師，但在家裡卻不是主廚。

父母今年雖然掛了太陽旗，但他們決定不製作御節料理。母親要一個人製作那麼多的料理，負擔實在太大，當然是原因之一。但更重要的原因，是就算製作了出來，也沒有那麼多家人可以一起享用。今年因為新冠疫情的關係，妹妹惠美一家人聽說也不返鄉過年。

這麼多年來，每年過年都會做的事情，如今竟然一樣也看不到，讓我感覺相當不適應。即便我已經在臺灣住了許多年，對我來說……不，應該說對住在臺灣的大部分日本人來說，一年的開始還是公曆的元旦。沒有過公曆的新年，會讓我感覺舊的一年還沒有結束，新的一年還沒有到來。這種感覺就算是在過了農曆新年之後，也不會消失。

我豁然想起，味噌已經用完了。

這年頭大部分日本的東西都可以在臺灣買到，但有幾樣東西，我有自己的堅持，所以不能在臺灣購買。味噌正是其中之一，而且是絕對不能妥協的一樣。每年我在過年期間回日本的時候，一定會向固定的一家味噌製造廠購買一年份的味噌帶回臺灣。上次帶回來的味噌，不久前已經用光了。

——有家歸不得。

就在這個瞬間，我深刻感受到了自己如今的處境。

• • •

3 譯註：「御節料理」指的是日本人在年節期間才會享用的特別料理。一般放在方盒內，各種菜餚裝飾得漂漂亮亮。

全世界都因為疫情爆發而陷入水深火熱的狀態，唯獨臺灣依然頂著防疫模範生的光環。但如今這模範生的地位，似乎已岌岌可危。

五月十五日。這天一大清早，我透過網路新聞得知了疫情指揮中心將召開緊急記者會的消息。我心裡暗叫不妙，只要是緊急記者會，八成都沒好事。

果然不出我所料，指揮中心宣布臺北市及新北市進入疫情警戒第三級。一個具有強大傳染力的感染者，帶著病毒在全臺北到處亂晃，讓原本在控制之中的感染人數一口氣暴增到了一千八百零八人。臺灣民眾的緊張情緒頓時攀升到了最高點。大家都知道這波疫情如果沒有擋下來，全臺灣將徹底淪陷。

三級警戒在防疫措施上多了許多嚴格的規定，其中與我關係最大的，就是針對餐飲業的相關禁令。例如室內禁止五人以上同桌用餐，而且座位之間一定要設置隔板。上餐館吃飯變成一件相當麻煩的事情。

但最讓我擔心的還不是這些麻煩的規定本身，而是這些規定可能會導致民眾不肯上餐館用餐。基於一股不肯坐以待斃的心情，我決定開始販賣外帶用的便當，但收入也只是聊勝於無的程度。這種日子如果一直持續下去，我這家店還能開多久？我試著想像未來的狀況，但浮現在腦海的除了不安還是不安。

每天早上，我都會在吃早飯之前到附近的公園散步。發布三級警戒的隔天一大早，我來到公園裡，發現和我一樣來散步的人並不少。他們多半也跟我一樣，每天早上習慣到公園散步吧。由於昨天發布了三級警戒，我本來以為公園裡可能會沒什麼人，所以當我看到公園裡的人著實不少，內心頗為吃驚。但是更讓我吃驚的是瀰漫在公園內的那股氣氛。跟以往比起來，公園裡變得安靜得多。這股既寧靜且凝重的氛圍，並不存在於昨天的公園裡。我看著公園內的景象，想起了臺灣人的高度防疫意識。

——臺灣人還沒有放棄希望。

雖然防疫出現了破口，但我可以清楚地感覺到，臺灣人有著在兩個星期之內控制住疫情的決心。接下來應該會有好幾天的時間，感染人數會持續往上攀升。但後面才是勝負的關鍵。未來的兩個星期，只要大家確實遵守防疫措施，一定還是能夠穩住疫情。公園裡的寂靜彷彿在告訴我，如今正是需要所有人團結一心的時刻。

・・・

「你打疫苗了嗎？」

「還沒。」

「我跟你媽媽都打了。趁著五月連假剛結束的時候，就到役場[4]指定的診所打了。」

父親在說出這段話時，語氣顯得有些亢奮。

日本這陣子已陸續開始實施疫苗接種。以高齡人士為優先施打對象，施打前得先完成電話預約。我不禁心想，這確實很像是日本會採行的做法。如果是臺灣的話，肯定會採網路預約，而非電話預約。

每次一提到網路，我的腦海總是會浮現「臺灣快步走在前面，而日本只能以龜速在後面慢慢追趕」的景象。尤其每次到臺灣的區公所辦事情，這種感慨就會特別明顯。明顯的程度，讓我除了感慨還是感慨。

舉個例子，假設在區公所辦某件事情，必須填一張表格，上頭有電

4 役場：地方行政機關的辦公室，相當於臺灣的「公所」。

子信箱的欄位。在臺灣，高齡人士如果說「我沒有電子信箱」，承辦人員會叫你自己想辦法。去找兒子或孫子幫忙，總之一定要搞一個電子信箱出來。

但如果是在日本，承辦人員絕對不會要求高齡人士一定要有電子信箱。站在政府單位的立場，他們會認為不能狠心拋棄這些網路弱勢族群，所以一定會保留一些不使用網路系統的管道。然而這種服務弱勢族群的心態，卻反而阻礙了網路系統在日本的發展。

除非有一天，日本的政治家們發現日本距離國際基準實在落後太多，否則大概很難指望這個狀況會有所改善。偏偏日本的政治家都不懂網路，也不明白網路的重要性，所以很難期待他們會自己察覺問題。

算了，不談網路。對我來說，眼前最重要的事情，是日本終於開始施打疫苗了。大多數的日本民眾，都認同施打疫苗是穩定疫情的第一步。

相較之下，臺灣人距離有疫苗可以施打的日子，卻是遙遙無期……

雖然每個臺灣人都在努力防止疫情擴散，但從另一個角度來看，拚命維持現狀是臺灣人現在唯一能做的事情。沒有人知道該怎麼做，才能讓這件事情徹底落幕。臺灣人想要打疫苗，卻沒有疫苗可以打。這聽起來相當悲哀，卻是血淋淋的事實。

然而就在數天前，日本的外務大臣宣布將免費贈送臺灣一批疫苗。

在我得知這個新聞的當下，我內心的感受不是雀躍，而是半信半疑。但是讓我更加驚訝的一點，是在媒體報出這個新聞的短短一個星期後，疫苗就已經從日本運抵臺灣。日本所有的媒體都以「異例（非常罕見的案例）」來形容這件事。我心裡也完全認同。日本政府會這麼有效率地辦好一件事，真的是異例。

網路新聞還公布了日本航空公司的飛機載著疫苗降落在機場的影

片。我看著那段沒有任何旁白說明的影片，心情就像是看著電影裡最感人的橋段。不僅感動，而且內心有點以身為日本人自豪。
這天晚上，我的店裡來了許多客人，整個店內的氣氛與前幾天截然不同。
「謝謝你。」
「請不要向我道謝，我什麼也沒有做。」
整個晚上，店內出現了好幾次這樣的對話。每次我這樣說的時候，我和對方的臉上都掛著滿滿的笑容。接著所有的客人會一起大喊「臺日友好」，然後加點一杯啤酒。
這件事不管是對臺灣人來說，還是對日本人來說，想必都為憂鬱的疫情生活帶來了一絲爽快感。

•
•
•

在疫苗的效力之下，臺灣的感染人數逐漸下降。指揮中心宣布解除三級警戒，整個社會也不再像前陣子那麼劍拔弩張。在二〇二一年結束之前，大部分的臺灣人都已打完了第二劑的疫苗。

這年年底，才剛進入十二月，我就接到了父親打來的電話。「今年能回來嗎？」父親問我。「如果有辦法的話，就回來一趟吧？」連母親也這麼催促我。或許沒有辦法見面的這兩年時間，對我父母而言，比我所感受到的兩年時間更加漫長。

但是當前的疫情狀況，與去年並沒有太大的差別。若要勉強舉出差異，大概就是打了疫苗之後，感覺身體比較有抵抗病毒的能力，以及因為習慣了這樣的生活，所以心中的不安也減少了許多。

我沒有想太多，直接就回答了一句「沒辦法」。父母似乎也早已預期我會這麼說，因此也只是應了一聲「噢，好吧」，就結束了這個話題。

接著他們把話題轉到父親在高爾夫友誼賽上拿到了睽違已久的冠軍。我這才知道，父親即使是在疫情期間，還是經常到高爾夫球場打球。不過高爾夫球場那麼大，在裡頭打球絕對稱不上「密集」的狀態，因此就算疫情期間去打球，似乎也不是什麼值得擔心的事情。

一如預期，今年我還是沒有回日本。

去年沒辦法回日本，我滿腦子不斷浮現日本的新年景象。但不知道為什麼，今年沒辦法回日本，我卻沒有什麼特別的感覺。不管是太陽旗，還是御節料理，彷彿都已消失在記憶的彼端。元旦的早上，我和家人們用LINE通視訊電話，我還懵懵懂懂地問了一句：「日本現在在過年？」

——日本的記憶，在我的心中逐漸模糊。

不，說模糊也不太對。若要加以形容，就像是疫情所帶來的不正常生活已讓我精疲力竭。我心中的時間感遭到破壞，已完全搞不清楚自己現在是什麼狀態。我實在不知道，這樣的日子還要持續多久。

我只知道一件事。

那就是我已經兩年沒回去了。

——有家歸不得。

我有時不禁幻想，倘若有一天，疫情穩定了下來，雙方政府取消隔離措施，明天就可以買機票回日本的話……

回到日本之後，我有很多想做的事情。但都是一些平凡無奇的瑣事，例如逛逛書店，吃炒麵定食，到住家附近的公園散步。說穿了，我只是想藉由這種打發無聊時間的方式，來填補我心中匱乏已久的「日本」。

但我不知道那一天什麼時候才會來到。有可能會在今年之內嗎？在疫苗的威力下，有沒有可能感染人數突然大減，為這場傳染病大流行畫下休止符？

• • •

新冠疫情已邁入第三年，病毒不斷產生突變，出現了許多感染力比以前更強的變異株。不管是日本還是臺灣，感染人數都是每日暴增的狀態，我的身邊也開始陸續有人感染。我不知道這是疫情趨向穩定前的最後一波高潮，還是為更可怕的新局面揭開了序幕。許多專家各自提出了自己的預測，但我已提不起勁去關心了。

比起那些，我更關心的是我的母親。母親在數年前罹患了癌症，我衷心期盼她不要感染新冠肺炎。我們這種年輕人就算感染了，也只要幾天就會康復。但如果是高齡人士或罹患慢性病的人感染，聽說會非常嚴重。

七月的某天下午，惠美用LINE打了電話給我。

「怎麼了？」

「爸爸進了急診室。」

「什麼？」

我一時聽不懂她這句話的意思。

「爸爸在高爾夫球場昏倒，被搬上了救護車，送到醫院急救。現在我人在醫院裡，醫生說狀況不樂觀。」

「怎麼會這樣？」

「我只聽說他原本在大太陽底下打高爾夫球，不知怎的就倒在地上了。」

「一直沒有醒？」

「嗯，醫生說能不能撿回一條命，得看今晚的狀況。」

「新冠肺炎？」

「聽說不是。」

窗外突然變得昏暗，轉眼間下起了傾盆大雨。碩大的雨滴狠狠地撞擊著路面，發出稀瀝嘩啦聲響。遠處白茫茫一片，什麼也看不到。

——大概是沒救了。

不知道為什麼，我的心頭冒出了這樣的預感。

這天晚上，惠美再度來電，告知了父親過世的噩耗。

——有家歸不得。

我不禁如此呢喃。

・・・

整個衛星大樓的乘客人數寥寥可數。上了飛機後，我坐在座位上環顧四周，總共只有九個人。搭乘人數這麼少，航空公司肯定虧錢。即使如此，航空公司還是願意讓飛機照常起降，讓我不禁想要致上由衷的謝意。

父親過世的一個多月後，臺灣政府將入境隔離天數從兩星期大幅縮短為三天。日本方面的入境隔離也在數個月前廢除了。如今我往來臺灣與日本，只需要隔離三天的時間（實際上算起來其實是四天）。

可惜我沒能來得及參加父親的葬禮。依照日本的喪葬慣例，死者過世的兩、三天之內就會進行火葬，所以我打從一開始就知道來不及。舉行告別式的時候，是由惠美代替母親擔任喪主。惠美的朋友為我開啟了LINE的視訊畫面，讓我能夠看見告別式會場上的景象。

棺桶裡的父親闔著雙眼，由於上了妝的關係，看起來只像是睡著了一般。除了默默凝視父親的臉，我什麼事也做不了。

不久之後，他們蓋上了棺桶蓋，將棺桶搬上了靈柩車。我沒辦法在棺桶內獻花，也沒辦法撫摸父親的臉，這讓我感覺心如刀割。

飛機開始降落，在預定時刻抵達機場。

日本的機場一片死寂。當初最後一次離開日本的時候，我完全沒有預料到會隔這麼久才重新回到這個地方。

入境大廳裡沒有幾個人，所以我從極遠處就辨識出了惠美的身影。

「你回來了。」

「妳應該很忙吧？謝謝妳特地來接機。」

簡單交談了幾句之後，我們走向機場的另一頭，坐上惠美停在停車場裡的車子。

「我真的是嚇傻了。爸爸早上出門的時候還很正常，沒想到竟然就這麼一去不回。」

「是啊。主持喪禮很累吧？真抱歉，讓妳一個人扛起這個責任。」

「我們只舉行了家族內部的葬禮，幾乎沒有外人來參加，少了許多麻煩事。但是接下來還得申請老家的持有人變更，以及辦理遺產繼承的手續，那才是真的麻煩。」

「有沒有我能幫忙的事？」

「哥哥，你平常不住在日本，這些事情我來處理就好。但應該會有不少文件需要你簽名，到時候我會再聯絡你。」

「真的很抱歉。」

當初我決定要搬到臺灣的時候，父親說的那句「何況還有惠美在，真的有什麼狀況，也不會找不到人」，沒想到竟然一語成讖。

「媽媽還好嗎？」

「嗯，還好。最近她也很忙，我猜大概是忙到沒時間感受喪偶之痛。」

「過陣子可能會越來越沮喪？」

「或許吧。」

談著談著，車子已抵達了老家。

——我回來了。

隔了兩年又九個月，我終於回來了。

「你回來啦？」

母親的口氣相當平淡，彷彿我只是去附近的超市買個東西。

「臺灣的情況應該也不太好吧？」

「嗯，不過隔離終於縮短了，疫情應該快結束了。爸爸他……」

「對啊，沒想到他會突然就這麼一個人走了，我也嚇了一跳。」

我走到佛龕前，向父親報告我已回到日本，上了香，點了蠟燭，敲磬一響。靜謐的磬音彷彿籠罩在我的四周，遺照中的父親臉上帶著盈盈微笑。

——我終於回來了。

父親溫柔地笑著。

• • •

我在老家過了大約一星期的悠哉生活。每天早上起來，就到附近的公園散步，或是到超市購買臺灣沒有賣的日本商品。我吃了炒麵定食，也買了味噌。

在這幾天的時間裡，我經常感覺到父親就在我的身邊。例如我在家裡吃飯，可能會看見父親突然打開玄關大門，一邊走進餐廳，一邊問我：「你在吃什麼？」當然我並沒有辦法真正聽見父親的聲音。大約過了三秒鐘之後，我就會豁然察覺那只是幻覺。類似這樣的狀況，發生了好幾次。

但不知道為什麼，我並不感到悲傷。或許在我的心裡，還在期待著父親只是出門去了而已。

「你爸爸他啊，沒事的時候遲鈍得不得了，就算有什麼異狀也不會察覺。但只要遇到事情了，他就會開始想東想西，操心個沒完沒了。等到沒有操心的必要了，他還是會去找其他事情來操心。在我看來啊，操心就是他的興趣。」

母親笑著告訴我父親生前的趣事。

母親說得沒錯。全家人都很清楚，父親就是那樣的人。我看見母親能夠像這樣若無其事地閒聊父親的事情，心裡著實鬆了一口氣。然而母親接下來的一句話，又讓我感到頗為意外。

「我還記得疫情期間，你爸爸說過這樣的話……人生在世，有些事情擔心也沒有用。雖然我們處處小心，但是會感染的時候就是會感染。

如果真的感染了，那也沒辦法。這樣的人生，也是很快樂。」

與母親兩個人一起度過新年……笑著和我通視訊電話……在高爾夫友誼賽上拿到冠軍……那個最愛操心的父親，原來就是抱著這樣的心情，度過了這兩年多來的日子。

「這樣的人生，也是很快樂。」父親最後的這句話，不斷迴盪在我的耳畔，不知不覺與遺照中的笑容重疊在一起。

• • •

回到臺灣，過了將近一年。

我還是一如往昔，每到星期天的中午，就會用LINE打電話回日本老家。雖然接電話的人從父親變成了母親，但我每次還是會有種錯覺，彷彿父親隨時會接過電話，笑著問我最近過得好不好。

人是一種不負責任的動物。不管遇到再大的事情，一旦結束之後，記憶必定會隨著時間而淡化。那段讓整個世界風雲變色，讓所有人類都活在不安與混亂之中的日子，如今也已逐漸成為過去式。在這段日子裡，許多過去我們視為理所當然的事物都消失了，取而代之的是過去從來不曾目睹過的現實。

那段日子到底是怎麼回事？

難道是神的旨意嗎？是神賜給我們的一場考驗？「人類啊，別再劃分敵我了。偶而集合你們所有人的智慧，大家一起動動頭腦，一起動手做點事情吧。」難道是神想要給我們這樣的啟示？否則的話，為什麼會讓我們經歷那幾乎史無前例的全球巨變？

從苦悶、悲傷、絕望，乃至於生活不便……人類嚐過了各種的痛楚，如今正進入自然痊癒的階段。接下來隨著日子一天天過去，記憶一定還會變得更加模糊。未來還會出現一群沒有經歷過這段時期的年輕世代，痊癒的速度一定會比現在更快得多。

總有一天，父親的記憶也會在我的心中消失得一乾二淨。正如同一切都會淹沒在時間的洪流之中。

（全文完）

# 空集合的流星雨

文・王仁劭

互動模式等級一

Mali229：主播晚安

布米：Ma-li-229，是這樣唸吧？歡迎噢

Mali229：今天跟到第一次直播嗎？

布米：沒錯！可以叫我河狸或布米，喜歡實況內容的話拜託按下訂閱喔

Mali229：感覺又好像回到上班的時候……

布米：上班怎麼了呀

Mali229：因為我在一間比較特別的動物園工作，總感覺好空虛布米：咦？我不是正在陪你了嗎

五頭水豚一動也不動，其中一頭還傾斜在半空中，要倒不倒的。

我摘下顯示器，對那位小女孩說了聲抱歉，保證很快就會有人把這群水豚修好的，然後解釋牠正常不是這個樣子的，應該會慵懶地躺在草皮上，露出肚皮，如果妳伸手做出撫摸動作的話，還能看得到水豚享受的模樣。

我費力描述著水豚迷人之處，只希望小女孩與她的父母之後還會來動物園。當然，我也沒有說謊，那些水豚真的會這樣與人互動，畢竟虛擬動物們的行為模式可以調整，要懶散、活潑、親人、兇猛等等都行，都是設定好的，只要動手按幾個鍵就能套用模組。

但物件故障的話就超出我的職責及能力範圍了，作為補償，我將園區的餐飲優惠券送給了小女孩與她的父母，不過小孩不會騙人，擠出一臉失望的樣貌。我有時心想：啊，如果未來科技再進化，人們面對面相處也可以戴上顯示器，即使從嘴裡說的話多麼狠心或具備攻擊性，也能自動修正語調，並分析出不傷和氣的肢體動作與表情，然後投影給對方看。

不得不說動物園在這一點就做得蠻好的，例如金剛猩猩吧，誰會只想看到牠們攀附在樹幹上排泄呢？最好是能瞧見正快樂地滾輪胎，或是在搭建好的設施上以敏銳的身手來回擺盪——這些都還算基本，我們的互動模式參照了各種動物的智商及習性數據，如果你用手指著虛擬金剛猩猩，牠的設定可以做到揮手打招呼以外，還會表演健美動作給你看。

「請問一下，目前還有哪些動物是實體的呢？」女孩的父親詢問。

我根據他們尚未逛到的路線給出回答，不過扣掉那些龐大且本身具備良好活動力的動物，其餘熱門動物幾乎都已經採用虛擬成像了。應該是蛇吧，我猜測他們接下來會看到最多實體動物的種類。

回到員工室之後，組長又開始跟我抱怨，說人力就已經縮減很多了，這陣子不曉得是怎麼樣，虛擬動物的狀況不斷冒出來，原本半年可能才有一件，但光是這兩個月就已經出包四次了。

「算了，不要像上次那樣就好，讓遊客們看到水裡的河馬沒有頭，那群小學生戴上顯示器後嚇死了，連我都被學校的主任唸了一頓。」他抓抓頭抱怨著。

我差點把布米對我說的想法給講了出來。

「沒有頭？那會不會其實是因為……河馬們泡在水中游泳時會真正感到快樂，所以想讓虛擬的自己返回現實中。」

布米聽到我跟她分享這荒謬的故事時，她是那麼說的。

其實我滿想在聊天室裡吐槽布米的，首先河馬喜歡待在水裡沒錯，但不會游泳，就只是行走而已。再者，這怎麼看都是投影物件出現Bug了。

可是布米，妳所講的這些看似為了逗觀眾開心、裝傻般的言論，我覺得都只是投影出一具客製化的性格，而一旦抽離了虛擬替身，妳的硬殼反而脆化，就跟我雷同。

我也猜測現實中妳是一個怎麼樣的人，包含長相、性格、內在，但我所能做的僅是下班離開動物園後，等待妳開始直播，在窄仄的長方形聊天室裡，像溺水的人緊抓一片浮木才得以探頭呼吸，用ID「Mali229」化成另一個身分，抹去現實的輪廓，憑藉虛擬來靠攏虛擬。

我不斷想要找出與妳的交集，好證明孤單的不只有我一人。

那非常難，一個是在遊客稀少的虛擬動物園的員工，而另一個則是不可能讓中之人[1]浮現的VTuber實況主。

直到有天聽見妳說，妳的願望是找到一個對象，並能與妳目睹天空

1 中之人：VTuber幕後的操作者。

中密集的願望一閃而墜的時刻，其實就是流星雨，好老派的宣言。

我從來沒看過流星雨，但我知道那個對象不會是Mali229。

也不會是我。

互動模式等級二

Mali229：河狸在我們那邊沒有很熱門

布米：你是說我是個沒人愛的VTuebr嗎（哭臉）

Mali229：才沒有這麼一回事

布米：那你是在笑我觀眾很少囉？

Mali229：也沒有這個意思……

布米：開玩笑的啦，我沒有真的生氣或難過

Mali229：呼～那就好

布米：你還真的相信啊

Mali229……

布米：對了，以後可以叫你Mali就好嗎？

Mali：沒問題啊

布米：Mali，這樣子比較親切對吧

Mali：不曉得為什麼，但我有點開心

她不像多數實況主，在與聊天室的觀眾互動時總用「有人說」當作開頭，而是將觀眾的ＩＤ跟留言複誦一遍，例如「晚安啊杯子蛋糕……主播的遊戲技術跟長相真是厲害，居然可以完全相反，操作起來像頭豬，長得像豬頭。唉唷這是什麼梗啦！才不是豬頭呢，是可愛的河狸。」

他也是被如此對待的其中一名觀眾，並沒有比較特別，只是當布米謹慎地唸著他的ＩＤ，揣測正確的發音，那讓Mali229覺得被重視，在現實裡他是群體中容易被忽略的存在，總要有人飾演邊角配料的戲份。

日本的御宅文化盛行，VTuber這股風潮也是始於該國，因此多數臺灣觀眾的觀看大宗仍然是日本的實況主，至於台V能有一千人以上的在線觀眾就算行業裡的佼佼者了。

Mali229看過不少實況，整體來說布米是個很能互動的實況主，總樂意將觀眾的話題銜接下去，不過布米不是最早就搭上VTuber潮流的前幾批實況主，她也跟觀眾說過自己會想當台V只是一時興起的念頭，因為一個人住很無聊罷了。

觀眾來來去去，有人注重遊戲內容，有人在意實況主的風格與特色，誰的手腕高明就能招攬流量，布米開實況半年多，雖然試著努力經營，但觀看人數卻常常不到兩位數。

簡單來說，光會聊天還遠遠不夠。

Mali229是她稀少的忠實觀眾之一，原因不是Mali對布米懷有情愫，他曉得這其實是一體兩面的，正因為觀看人數稀少，所以布米重視他，只有螞蟻會拾起碎屑，但他不敢奢求更多。

只不過當後來布米記住了他的ＩＤ，詢問能不能簡稱他為Mali時，像一雙手穿過電腦螢幕前替他別上名牌，那份被認同的微小感觸是立足於現實的。

布米曉得Mali所說的動物園，是去年因應環境保護及動物權利的思想下，開始漸進式減少展出實體動物的那一間。說起來有點好笑，布米也有關注這件事，當初動物園要推行這個機制時，支持及正面的聲音佔了絕大多數，幾乎是一片叫好，結果當真正運作時，遊客的數量反而大幅下降，許多評論抨擊著虛擬投影的空虛及弊病。

網路上越來越多人說：「為什麼要浪費錢跟時間去觀賞假的動物？根本毫無意義。」

所以Mali也很納悶，同樣是虛擬成像，怎麼動物園的情況就如此慘澹？撇開Mali直播間稀少的人數，其實喜歡看VTuber的人還真不少，國外熱門大台的收看人數超過五千是常態，不少觀眾還會斗內（Donate）給欣賞的實況主。不包含與廠商合作的活動，光是靠這些錢，月收入隨便都能破個十萬，也難怪越來越多人想要當VTuber。

VTuber通常都會擬定自己的外皮及人設，並全心投入其中，例如將模組設定成吸血鬼，說話就會帶著一股高冷感，也會將角色屬性與現實生活做聯接，愛喝番茄汁啦、白天絕不會出現、直播間的背景以暗色系為主等等。

Mali發現很多VTuber都是用動物作為造型，這對他來說倒是挺有趣的，知悉各種動物知識的自己，看著這些虛擬的人，有種下班後同樣在工作的弔詭感觸。

說到底人跟動物還是有差別，只要布米開台，他就會進入直播間和她閒聊，試圖忘掉工作時的寂寥，雖然都是虛擬的，但至少眼前的河狸會回應他，而不是在顯示器中銜著樹枝，反覆搭建從來沒有真正完成的巢穴，這樣就好了。

「這樣就好了。」Mali心想。可是總克制不住內心那股渴望，雖然他無法想像自己會愛上一個「假的真人」，但還是希望布米多說一點關於她自己的事，對Mali而言，如果他能夠感到溫暖，那這股暖流應該要是雙向的才對。

只是就算聊得再活躍——因為聊天室常常就只有Mali的留言，布米也從來沒有打算要透露自己的中之人，這使Mali懷疑是否只是單方面的空想，她其實並不需要被人瞭解，至少在網路上是這樣。

但偶爾偶爾，布米所說的話又會讓Mali陷入沉思，像他與布米分享虛擬動物們可以有何種高超且生動的觀賞細節。如小爪水獺在游泳時耳朵也會貼著頭部，且如果遊客仔細注意的話，會發現只有在進食的時段裡，水中的小爪水獺才會做出搬開石頭翻找食物的動作。

「很神奇噢，戴上顯示器後反而更能發現動物栩栩如生的真實面，但大家卻會因此意興闌珊，明明也不是野生動物園，遊客同樣摸不到也無法靠近。」Mali說。

他看著螢幕上的河狸，將右手拄在下巴上，緊接著開口，門牙稍微往上提。「因為有距離感，所以大家才會更珍惜目睹到實體動物吧？不過Mali你有沒有想過，搞不好在戴上顯示器之前，那些虛擬動物的投影其實都沒有在運作呢。」布米說。

Mali想到有好幾次當他進入直播間時，右下角的觀眾人數稀少得可憐，聊天室也沒有任何人講話，他觀察了幾分鐘，發現布米只是表情呆滯，沉默地玩著遊戲。

直到Mali在聊天室留言後，「布米」才像是活了過來，開始會對遊戲內容自言自語，上演一齣單人脫口秀，或視線時不時飄向一邊，注意著聊天室有沒有新留言。

如果開實況的目的是希望被看到，在與觀眾的互動中得到成就感，當展露了自己卻沒人在意，恐怕不只失去運作功能，那股空虛感也會是倍增的。

互動模式等級三

布米：Mali呀Mali呀，每次看到你出現都覺得很開心呢

Mali：是真話？

布米：當然，你猜測的沒錯唷。我啊，老實說，也是隻孤單的河狸呢。

Mali：妳可以說說妳自己啊，我會想聽的

布米：這樣真的好嗎……

Mali：妳在擔心什麼？

布米：你是虛擬動物園的員工，怎麼會不了解呢？之前你不是才抱怨過那些人

Mali：哪些人？

布米：懷疑虛擬動物存在意義，覺得浪費時間的人

Mali：但妳不一樣

布米：那Mali你覺得我現實中是個怎樣的人

Mali：不喜歡與人爭吵，房間不大，東西擺放得亂中有序的女生

布米：這是你所想像的我嗎？
Mali：所以我才希望是由妳談談自己
布米：我是一隻無憂無慮的河狸噢
Mali：騙人，我不想聽這個
布米：你不要急著把顯示器摘下來嘛，這樣我會消失的

虛擬花豹正棲息在厚實的樹幹上，我將互動模式從等級二調整為等級四，同時也把時段更改為夜間，然後摘下顯示器。

熱帶雨林區裡，眼前的樹幹上徒有空蕩，如果沒有戴上顯示器，遊客們什麼東西都看不到，我曉得虛擬花豹在等級二與等級四間所展現出來的差異，我等了大概十秒，然後再度將顯示器罩至眼前。

果然，花豹不在樹上了，牠正隱匿於草叢中。其實也不算躲，因為

設定就是這樣，牠會在區域內正中央，遊客一戴上顯示器就會察覺到漆黑中雙眼所透出來的兩道亮光。

我聽到樹叢傳出枝葉摩擦的聲音，又過了五秒，夜行性的狩獵者從中竄出，朝我所站的方向撲來，吼聲伴隨著利爪撲出。

但虛擬花豹狩獵的動作會停止，就在距離視覺空間內約一公尺，為的就是能讓人們體驗到真實的獸性，如果是實體花豹，白天大概有八成的機率都不會露面，不然也都是懶洋洋的曬著太陽，畢竟都餵食過了。

園區給予員工調整虛擬動物們互動模式的權利，通常我們會視現場的遊客多不多，或是感受他們對此動物的熱愛程度。畢竟如果常駐最高的等級五，再降下來後人們反而容易覺得無趣，所以通常只預設等級二而已。

結果並沒有像布米所說的那樣，虛擬動物仍然會服膺程式設計，該移動就移動，該做什麼就做什麼，雖然那都是一套重複的輪迴演出而已。

我跟布米都在做著一樣的事。等待觀眾，然後虛擬才開始運作，可是我知道那永遠不會是真實，我在現實世界控制虛擬動物，到網路上則成為虛擬動物的觀眾，跨過真假邊界尋求交集，可另一頭同樣什麼都沒有。

布米將自己隱藏得很好，那是孤單的人的本能。

前陣子突然有個匿名帳號開始爆料各大台V的真實身分，無論虛擬實況主是男是女都遭殃，聽說是先追蹤網路足跡，接著花錢向認識VTuber的人買資料，然後在文章中一一張貼個人的社群帳號，還有最嚴重的：他們的長相。

不讓中之人的身分曝露是V圈的共識，創造出一個虛擬身分後被強迫揭開真面目，比挖出所有黑歷史都還要赤裸。

有不少粉絲看到自己熱愛的VTuber的外貌後，說不上來的就無法再喜歡這個實況主，覺得像是被騙一樣。總用著撒嬌聲音的兔皮V，原來長相一點也不可愛；說話總是又跩又賤的狼人V，只是個戴眼鏡的書呆子而已，甚至連髮型都很矬，是走在路上絕對不會被多注意一眼的男性。

布米的中之人並沒有流出，我想是因為她粉絲人數不多，沒有被那位懷抱著惡趣味的匿名帳號給盯上，但當我跟她聊起這場風波，她又講了幾句讓我匪夷所思的話。

「其實真面目被發現好像也不是一件壞事，像玩捉迷藏時，既不想被發現，卻……」

我問布米難道也想被認出中之人嗎？她停頓了一會兒，說那得看是誰，但下一秒又活蹦亂跳地說：「哎呀但要是被發現，還是很困擾的吧。」

我沒辦法從披著河狸皮囊的她，來判斷那表情究竟正訴說什麼，甚至無法分辨這是虛擬的人設，或是偶爾竄出的真心。

即使跟她聊天多次，每當我聊到有關她真實身分的話題時，她總是漫不經心地帶過，又或者是徹底以河狸身分自居作為擋箭牌。

就算在現實世界中，我們兩個面對面走過，我也絕對不曉得這個人就是陪我談心的對象。我承認，那讓我感到莫名的失落，想讓孤單的兩人誕生交集，從字面上來說就是一種悖論，像是在找尋同極的磁鐵一端能夠貼合的方法。

「準備休息了，今日各區的負責人記得要去巡視，有任何狀況立刻回報。」組長在動物園的員工群組中發了訊息。

這是下班前的例行公事，戴上顯示器確認所有虛擬動物的狀況都無礙，實體動物反而不怎麼需要操心。

我將虛擬花豹的互動等級復原成預設數據，就在準備要前往隔壁檢查虛擬馬來虎時，突然聽到了奇怪的聲音。

像倍數放大的貓步一樣，是豹掌與地面接觸的細小沙沙聲。

我轉身死盯著空蕩蕩的花豹活動區，什麼都沒看到。

再次確認所有數值已經回歸正常後，我仍然覺得哪裡怪怪的，於是又戴上了顯示器。

虛擬花豹正站立著，卻有股說不上來的違和感。我百分之百肯定，這頭花豹是在我戴上顯示器並望向牠的瞬間，牠才懶洋洋地從地面上爬起來，前後大概間隔不到一秒鐘。

牠開始繞圈並打量著我，但眼神及動作都並非把我當成獵物，我往旁邊橫跨了幾步，牠就緊跟著我來回移動。

不太對勁，這不是我熟知的互動模式，程式沒有這種設定，因為會預設不只有一人在看。

虛擬動物又有狀況了，我心想。

「啪！」

虛擬花豹一屁股坐了下來，並伸出粗糙的舌頭理著牠的毛，然後不時盯著我的動靜。

我拿起手機，正要向組長回報又出現Bug了，那頭虛擬花豹飛快地撲了過來。

不可能，這絕對超出牠們移動範圍的極限距離了。

但下一秒所發生的事——布米，妳聽到後一定不會相信的。

那頭虛擬花豹輕盈地跳了起來，突破了安全線與建築物的隔閡，接著從我的腳邊悠哉地走著，還回頭看了我一眼，像是要帶我去到哪裡。

我迅速將顯示器扯掉，四周所見一片寂寥，沒有任何活物的身影。

可是當我低下頭，卻發現褲管上沾黏著幾根獸毛。

互動模式等級四

布米：Mali，你問得越多，我就會越誠實

Mali：可是妳還是不告訴我妳到底是誰？

布米：是的，因為我擔心卸下虛擬的保護後，我跟你都更容易受傷

Mali：我還是想要證明，就算孤單也能有交集

布米：Mali，你就那麼想要看到我的模樣嗎？所以對你來說，現在的我反而是假的囉，因為你不可能相信河狸台V是真的

Mali：我沒有這麼說，我只是……

布米：只是什麼？你要講清楚，我才能理解你真正的想法

Mali：覺得隔著虛擬世界，是沒辦法更瞭解妳的。對，每天守在聊天室的我非常孤單，用虛擬來面對現實，最後只是讓空虛感不斷

抽高，妳也這麼認為吧？

布米：呵呵，聽到Mali如此誠實且聰明，我其實有點想哭呢！那你希望我怎麼做呢？除了見面以外，不是我不想看到你噢，是我怕你分不清楚到底哪一個才是真正的我？虛擬的，現實的

Mali：那樣的話，可不可以就說一件妳的心事呢？是河狸布米不會輕易在虛擬世界中洩漏的事

布米：這個啊……好吧，既然是等級四的互動模式，說個我本人的秘密應該是沒問題的

Mali：什麼等級四？

布米：你果然分不清楚。沒事沒事！總之呢，我想想唷……啊，Mali知道流星雨吧？新聞說再過不久是小熊座流星雨群的活躍期，我很想跟人一起看流星雨呢，但流星雨嘛，如果不是兩個人

的話就沒意義了，所以都還沒看過，這個願望放在心中好久好久了

Mali：那如果我跟妳一起看流星雨，是不是代表我們兩個不再孤單了，從此就算在虛擬世界中也會有交集

布米：你想要跟我一起看流星雨啊，討厭，有點害羞呢（扭）

Mali：都什麼時候了還在不正經，真是的

布米：好呀，我們一起看流星雨

Mali：那要約在哪裡見面？

布米：奇怪，為什麼需要見面？

Mali沒有把虛擬花豹逃逸的事告訴動物園的任何人，他唯獨想要分享給布米聽，只是她卻沒有在固定時間開實況，那天沒有，隔天沒有，

大後天也不會出現。

Mali本來不會覺得奇怪，因為現實的布米也許正在忙其它事，沒有空閒時間，就這樣而已。

但加上花豹，所有反常的事情兜成一團，他感覺自己正被虛擬與現實所融合的龐大漩渦給沖得暈頭轉向。

沒有選擇再隱瞞下去，隔天Mali把看到的畫面，如實地轉述給組長和其他同事，然後所有人愣了一下，接著笑Mali是不是在編故事。

「我中午前才巡過，虛擬花豹好好的呀，牠就在那邊曬曬太陽，偶爾翻個身，這互動模式等級二是你調的沒錯吧。」同事說道。

Mali不相信，又去到花豹所在的熱帶雨林區，戴上顯示器，還是什麼豹影都找不著。

他懷疑是不是被聯合起來捉弄，於是這次拉著幾個同事，每個人戴上顯示器後都指出了相同的位置，說就在那邊呀。

「怎麼可能？我發誓我真的什麼都沒看到。」Mali急躁了起來。

「你沒看到？你看到的話才叫有問題咧，又沒有戴顯示器。」一名同事笑出聲。

Mali這才連忙戴上顯示器。

「牠正在理毛沒錯吧？」

「再演就不像了啦！」

「噢……對耶，可能是昨天看錯了。」Mali點點頭。

「不要嚇人好不好。不過要是虛擬動物真的逃走，好像也不適合通知警消單位。」

「那不然要找誰？動保處還是電器行？」

一群人嘰嘰喳喳討論起這個無聊的話題，Mali也同樣被問到要找誰，他把顯示器拿下後，默默地說了句：「找實況主吧，VTuber。」

其實他還是什麼都沒看到，也確認過互動模式的等級，但不管戴上幾次顯示器都毫無差別。當周遭的人們共享著同樣的頻率，自己卻彷彿呼吸不到空氣，這種像是窒息的感覺他再也清楚不過了。

這種時候Mali總會想要從現實遁逃到虛擬中，可是現在就連布米都突然消失了。

她一定也逃走了吧，只不過跟Mali不同，布米是從虛擬回到現實中。

這之間的邊界到底要從何界定，他沒辦法思考出答案。

Mali開始後悔前幾次在布米的實況中，他不斷追問著過多私事，也許就是從那時候，河狸布米建造出來的巢穴被他以利器剪破了。

其實，終於從布米口中說出她的願望是想看流星雨後，Mali有那麼一瞬間想要遞出邀約，可是他最終沒有這麼做，只是在聊天室若無其事的附和著。

「流星雨啊，應該會是很棒的體驗。」Mali打字回應，好險布米看不到自己的表情。

Mali知道「布米」終究是虛擬人物，如果一旦提出邀約，或是有想要見到她本人的念頭產生，所有的一切會立刻瓦解。

就像布米說的，流星會不會是蒐集了所有不可能實現的願望後，導致超出負重，便以極快的速度從世界上掙脫。

那隻虛擬花豹仍然沒有回來，又或者說，牠還在躲著我。

下班後我打開電腦，在YouTube的直播分類中恣意瀏覽，網頁推薦給我許多VTuber實況主的頻道，視線掃過一輪，布米已經一個禮拜沒有開實況了。

本來想要就此將網頁關掉，做點可以讓我分心的事，但我突然瞥見一個正擁有五萬多觀眾的實況。

是臺北天文館正開著直播，我才意會到今天就是小熊座流星雨群出現的日子，新聞說會在八點後出現，並於十一點左右時產生高峰。

我點進去這個實況，發現畫面就是對著無光害的，可以看到一整片星星的廣袤天空，猜測應該是相關人員將專業的攝影器材攜帶至視線清晰的高山中，記錄本次流星雨的落下過程。

盯著畫面沒幾分鐘後，便有一道綠光自兩點鐘處閃爍滑下後隨即消逝。

這對初次看到流星的我來說是蠻奇特的體驗，流星比我想像中的還要鮮豔，不過劃出的幅度也比我想像中的還要小。

可能是被漫畫或動畫影響，我一直以為流星雨是不間斷的，會真的像在下雨那樣。

星空固然漂亮，但其實大概看了三十分鐘後就有點膩了，我的注意力反而被聊天室雜七雜八的內容所吸引。

有些人是認真的在許願，有些是顧著跟其他網友聊天、科普，也有人不停講一些毫不相干的事情。

「有住松山的人等等要出來吃消夜嗎？」

「等這麼久才幾顆，我真的會趙玉政發作。」

「陪你去看流星雨~大家一起唱。」

「希望我可以學會開車上路。」

「山上會不會有女鬼？」

「彰化的許銘瀚我知道你在看直播，趕快還我錢。」

「成功嶺的菜鳥們還不就寢啊，下禮拜通通洞八！」

「內壢火車站的麥當勞集合！前一百個我請客。」

「急！在線等，有人可以教我怎麼寫情書嗎？」

說實話，用網路直播看流星雨雖然很沒有情調，但這些留言卻讓我感到莫名的溫暖，像是終於有一處地方不是那麼孤零零的。

紅黃綠的尾巴接連在畫面上一閃而過，而正當我計算到這是我看到的第二十七顆流星時，直播畫面突然變了。

一望無際的夜空轉為八種顏色的直線條，聊天室的人們跟著起鬨，說外星人來了、這流星不只多種顏色，還會定格。

很快也有熱心觀眾解釋著是電池沒電了，要等人換。

沒有流星可以觀賞的短暫時刻，聊天室的留言速度快上數倍，像是不需開口的默契一樣，不停有人偽造著流星的假像。

「哇，這一顆流星好大！」

「天啊也太壯觀了吧，居然一次有八顆。」

布米妳知道嗎？我發現原來流星的真實樣貌其實就是這些定格的彩色直線條，因為好多人這時候才說終於看到流星了。

妳可能會覺得我跟他們一樣在開玩笑，不，我是說真的，否則怎麼會那麼多人選在這時候，在聊天室裡像是揮灑魔法一樣來許下他們的願望呢？

目光一旦聚焦在聊天室的內容，這些真心的傾訴是最有可能被那個人給看見的，真正的流星是存在於這樣的瞬間，虛擬且真實。

連我也被這樣的氛圍給渲染，敲著鍵盤，將許願的內容送出。

就算妳在直播間裡頭大概也不會看見吧，因為留言被覆蓋的速度好像遠比星體的運動還要更快殞滅。

「希望還可以看到既是虛擬，也同樣真實的妳。」

互動模式等級五

Mali：妳有看到嗎？流星雨

布米：我什麼都有看到喔，即使我們沒見面

Mali：即使見了面對到眼，也認不出來

布米：甚至不會和對方開口說話

Mali：因為最想講的都已經傾訴完了

布米：對彼此來說都是虛擬

Mali：也都真實存在

布米：將一切都停留在那個瞬間

Mali：沒有流星卻可以看到流星真實樣貌的瞬間

布米：原來平行的直線是可以有交集的

Mali：其實是個空集合

布米：裡頭卻能被填滿，消弭了所有隔閡

Mali：終於證明了一件事

布米：不再感到孤單

Mali：不再感到孤單

布米：你覺得這些對話是真實發生過的嗎？

Mali：就算是虛擬，我也覺得它很真實

布米：我們終於打破了真實與虛擬間的盲區

Mali：那我可以跟你說花豹的事嗎

布米：Mali想跟我說什麼都可以

Mali：上禮拜有一隻虛擬花豹就在我眼前離開了

布米：牠會回來的

Mali：可是其他人都看得到牠，只有我看不到

布米：那你怎麼想？

Mali：我覺得牠是因為怕我

布米：為什麼？

Mali：因為我不小心把互動模式等級調太高了，所以反而讓牠沒有安全感

布米：不是這個原因

Mali：妳怎麼知道？

布米：牠也許想要與Mali有更高等級的互動，所才想要從虛擬中抵達你待的真實

Mali：那為什麼我卻看不到牠

布米：因為你做著相反的事

Mali：所以牠會回來的，回到虛擬中找我

布米：牠會回來的，但不見得像你說的那樣

Mali：那我該怎麼做？

布米：像對待流星一樣，相信既真實且虛擬

看完流星雨的隔天，Mali在下班前又再次去確認那隻虛擬花豹是否存在。

他走到那裡時，卻發現剛好有一名女遊客也正注視著空盪盪的花豹活動區，並遲遲未戴上顯示器。

Mali走到她身旁，兩人短暫的四目交接後便沒有多餘的交流了，甚至一句話都沒說，就只是同步拿起了顯示器。

他知道無論身在哪一個世界擺盪——彼此戴上現實與摘下虛擬的時

候，都能看到同樣的畫面，就像那場空集合的流星雨，有個願望至今仍在高空閃爍著。

（全文完）

# 小說家 VOL.1

作　　者　朱宥勳、陳柏言、張亦絢、何玟珒、木下諄一、王仁劭
特約企劃　黃冠寧
副總編輯　黃少璋
封面設計　蕭旭芳
排　　版　黃暐鵬

出　　版　惑星文化／遠足文化事業股份有限公司
發　　行　遠足文化事業股份有限公司（讀書共和國出版集團）
231新北市新店區民權路108之2號9樓
郵撥帳號：19504465　遠足文化事業股份有限公司
電話：(02)2218-1417
信箱：service@bookrep.com.tw

法律顧問　華洋法律事務所　蘇文生律師
印　　刷　成陽印刷股份有限公司
出版日期　2024年7月初版一刷
定　　價　340元

I S B N　978-626-9875948（紙書）
9786269875924（EPUB）
9786269875917（PDF）



小說家／朱宥勳，陳柏言，張亦絢，
何玟珒，木下諄一，王仁劭著
－初版.－新北市：惑星文化，
遠足文化事業股份有限公司，2024.07
面；公分.
ISBN 978-626-98759-4-8（第1冊；平裝）
857.61　　113008615